高尚的快樂

隱堂自署

郑培凯 著

ZHEJIANG UNIVERSITY PRESS
浙江大学出版社

图书在版编目(CIP)数据

高尚的快乐 / 郑培凯著. —杭州：浙江大学出版社，2019.3

ISBN 978-7-308-18940-8

Ⅰ.①高… Ⅱ.①郑… Ⅲ.①随笔—作品集—中国—当代 Ⅳ.①I267.1

中国版本图书馆 CIP 数据核字（2019）第 006644 号

高尚的快乐

郑培凯　著

封面题字　郑培凯

友情策划　姜爱军

责任编辑　罗人智　闻晓虹

责任校对　杨利军　沈　倩

封面设计　周　灵

出版发行　浙江大学出版社

（杭州市天目山路 148 号　邮政编码 310007）

（网址：http://www.zjupress.com）

排　　版　杭州林智广告有限公司

印　　刷　绍兴市越生彩印有限公司

开　　本　880mm×1230mm　1/32

印　　张　10

字　　数　223 千

版 印 次　2019 年 3 月第 1 版　2019 年 3 月第 1 次印刷

书　　号　ISBN 978-7-308-18940-8

定　　价　52.00 元

浙江大学出版社市场运营中心联系方式：(0571) 88925591;http://zjdxcbs.tmall.com

代　序

古希腊哲学家德谟克里特(Demokritos)是苏格拉底同时代的人，写过很多关于艺术的著作，可惜大都散佚了。幸存的残篇里有一句话，充满了智慧：“不应该追求一切种类的快乐，应该只追求高尚的快乐。”

什么是高尚的快乐？德谟克里特没说。或许他说过，却散佚了；或许他从未具体讨论过，因为他认为那不用多说，是人人都知道的。不管他说过没有，这段话还是充满了质朴的智慧，因为其明确指出了快乐有等差，并不是所有的快乐都高尚。

这就让我想起了庄子的“吾生也有涯，而知也无涯；以有涯随无涯，殆已”(《庄子·养生主》)点出的关键，就是生命有限，而世上可以追求的知识是无限的，以有限的生命追求无限的知识，必然会心力交瘁，茫然失落。把庄子所说的“知识”换成德谟克里特的“快乐”，就是：“吾生也有涯，而乐也无涯；以有涯随无涯，殆已。”或者也可以倒过来说：“不应该追求一切种类的知识，应该只追求高尚的知识。”这么一转换，我们就发现，德谟克里特和庄子倒是不同，因为他强调的是等差，分别了高尚与卑下，不是“齐物”观。

问题还是回到：什么是高尚的快乐？也许18世纪的康德在具体分析美的艺术时，提供了解释。康德的《判断力批判》把艺术分成两种：为了感官享受的“快适的艺术”与提供反省快乐的“美的艺术”。前者“单纯以享受做它的目的……叫人忘怀于时间的流逝”；后者则“是一种意境……虽然没有

目的。它仍然具有促进心灵诸力的陶冶以达到社会性的传达作用。”(宗白华译)

也就是说，高尚的快乐是要超乎感官享受的，绝不能只停留在康德所谓的“当前的欢娱消遣”。因此，这也说明了，为什么贪得无厌的自助餐与胡说乱闹的“还珠格格”都不是高尚的快乐。

目　录

甲编　都是仓颉惹的祸

乙编 历史的我执与超越

丙编　华洋杂处到如今

甲编

都是倉頡惹的禍

取名的学问

有位朋友的父亲风雅好古，给她取名为“槑”，给她妹妹取名“喆”。本来是十分风雅的，“槑”是“梅”的古字，“喆”为“哲”的古字，单从名字就可显示书香世家之风。无奈小学同学目不识丁，小学老师也粗鲁无文，不是叫她“呆”，就是用了拆字法，称呼她“呆呆”。妹妹的遭遇也好不了太多，不是叫她“吉”，就是“吉吉”，只比姐姐多了点吉利。

她们还有个小弟弟，不过名字不再古雅了，很平常的两个字，忘了是叫“恒毅”还是“其宽”了，反正不再用叠字法。我以前和她们开玩笑，说老伯应该贯彻始终的，给小儿子取个“奔”的古字“犇”，长大了一定会在华尔街大发利市，而且给小学老师制造更大的困扰。你总不好在点名的时候，叫出“王牛牛牛”或“李牛牛牛”吧？

姊妹都告诉过我，在她们的成长过程中，困扰的不是老师同学，是自己。她们实在不明白父亲为什么取了这样的名字，使她们成了同学取笑的对象。小孩子懂什么风雅？只会淘气胡闹，拿别人的姓名取笑。

固然姓名是一生的事，却也不能忽视孩童成长时期对自己姓名的敏感。我有个小学同学恨透了他的名字“叢黻黼”，因为姓有十八画，名字是十七加十九画。考试时光是填写姓名，就要比别人多花两分钟。也不知道他父亲是怎么想的，也许是缅怀古代的礼仪服饰，可苦了孩子。听说这个同学后来是赞成简体字的，换了我，说不定还要鼓吹汉字拉丁化呢。

龙的传人

最近看到有人批评“龙的传人”这个提法，指出“龙”是封建的象征，是过去帝王所专用的。现代中国人，已经进入了民主时代，还自称“龙的传人”，显示封建遗毒深入人心，更显示中国人没有自省能力，迷恋封建残骸，自甘堕落，云云。

这样的批评，固然有几分道理，但是“上纲上线”，恐怕那些唱过《龙的传人》的人难以接受。不接受的原因，不见得是冥顽不灵，而是“龙”在现代中国人的心里已经不是帝王的表征了。他们自称龙的传人，心里并不会以为自己真是“龙子龙孙”，或者冀图攀附，想做什么“阿哥”或“格格”。

在帝制时代，“龙”是天子的象征，代表神圣不可侵犯、不可僭越的皇权，奄有四海，泽被八荒。但是，到了清末，因为西风东渐，中国逐渐转型成现代的主权国家，中国不再是全“天下”，而成了一个“民族国家”（nation state），“龙”也逐渐变成这个民族国家的表征，颇似北极熊代表俄国、白头鹫代表美国之类。

当然，龙是个神灵，不同于自然界实有的动物。只是因缘际会，在中西文化碰撞之时，成了洋人眼中的中国表征，也成了中国人下意识里早晚可以“飞龙在天”的国族表征。或许其中有太多文化的纠缠、太多传统的包袱，然而不一定是自甘堕落。

近年来倒是出现了一个新的国族表征：熊猫。不过，要中国人自称“熊猫传人”，可也不容易。

写推荐信

教书的人，时常要为学生写推荐信。事关学生的前途与饭碗，不得不写。学生优越出众，当然是赞不绝口；学生鲁钝低劣，也不能横加指斥，不放一条生路。怎么办呢？只好找几条无关痛痒的事体，说几句好话，如“该生性情活泼，善于交友”“勤奋有加，勇于任事”。上学逃课、考试不及格就不提了。

这就让我想到三国故事里的司马德操。向刘备推荐诸葛亮与庞统的，就是这位司马先生。他说他们是“卧龙”和“凤雏”，后来还真的因此帮着刘备打下了“半壁”（三分之一壁）江山。司马先生素有知人之明，那么，他是如何推荐人才的呢？

《世说新语》里说，当有人向他咨询人物优劣时，司马先生不管高下，一律都说好。司马太太看不过眼了，就劝先生：“人家有所疑惑，需要你来代为筹措，你就应当有所分辨。现在你什么都说好，哪里是人家想向你咨询的意思呢？”司马先生听了就说：“你所说的，真是好！”

看来当个好好先生，逢人就说好，是司马先生不可及之处。这算不算知人之明，实在难说，但在天下大乱之时，却是高明的处世之道。平时有所咨询，都说好，反正不是我专程荐举的。等到关键时刻，看到真命天子出世，需要安邦定国的栋梁之材了，那就要主动荐举，大力推誉“卧龙”与“凤雏”了。

司马先生若是生在今日，大概作风还是相同。学生要他写推荐信，他一定是一律说好。只是，假若学生中真有“卧龙”之才，他推荐给谁呢？有谁当真呢？

交通与交流

当我们说“交通”的时候，心里联想的是物质运输、经济流通；说“交流”则想到文化影响、思想传播。中文里似乎还缺少一个更为抽象的概念词，可以综括两者。若硬要找一个词，则“流通”庶几近之，但在现实语文的“流通”之中，却又并无涵盖两者之意。

为什么说起这问题呢？

因为我们在历史文化教学上，碰到了中西交通与文化交流的不同议题，想要并合成一个总类，以便进行概括与深入两个方向的探讨。找不到可以并合的词，就反映了过去的学术研究与思索还没建立起大家公认的领域，也就是没有共识。

说“中外流通”，没有人知道是什么意思，心里产生的疑惑多于认知，是有意混淆。说“中外交通”，则学者知道是沙畹、戴文达、冯承钧、向达、方豪等人研究的领域，包括了物质文明与精神文明的流通。但一般人并不如此想，只想到车船交通与异域地理。因此，才会有“中外文化交流”这一领域的出现，可是好像又偏重了文化、思想、宗教、艺术的“自动流通性”，好像它们都生有翅膀，不待车船交通，就可以向四面八方自由翱翔似的。

概念词语要创造不难，要得到共识，在社会文化的不同层次之中都得以“流通”，则不是简单的事。有人说只要学术界开个国际会议，取得共识，严守决议，然后推广到民间，就万事大吉了。

要学术界取得共识，谈何容易？

醍醐灌顶

武侠小说经常编造一些匪夷所思的情节，其中之一就是“醍醐灌顶”。一般总是写一位武功盖世的高僧或大侠，选中了传人，在生死攸关的紧急时刻，以“醍醐灌顶”之法，把毕生功力传送到下一代身上，顷刻之间使其增加几十年的功夫。写小说的因为是瞎编，所以从来讲不清“醍醐”是怎么“灌”的“顶”，只是望文生义，描写慈眉善目的老和尚如何伸出手掌，按着传人的头顶，好像现代医学输血那样，就可以隔着肌肤施展“特异功能”，把“醍醐”灌过去了。

读小说的人，读得津津有味，可知不知道“醍醐”是什么？

说得简单点，醍醐就是酥油，或者用港式西餐用语来解释，就是从“忌廉”（cream）里提炼出来的奶油。《涅槃经》里的“圣行品”就说：“譬如从牛出乳，从乳出酪，从酪出生酥，从生酥出熟酥，熟酥出醍醐，醍醐最上。”所以，这个词当然是从印度传来的舶来品，换成中国本土用语，就相当于是乳制品的“精髓”。

佛教徒还认为，将酥油（当然是冷的）浇在头顶，清凉舒适，此喻佛家智慧灌输进头顶，使人彻悟。因此，“醍醐灌顶”本来是指大智慧的灌输传递，是佛法的领悟。只是到了武侠小说里，就莫名其妙地变成特异功能了。

不过，近来有些研究计算机芯片与神经生物学的科学家指出，不久的将来，可以研制出超微的晶粒，植入脑神经。而且，还可以下载（download）大量的知识，千百倍增加人脑储存与记忆的容量。 若真能如此，则武侠小说的“醍醐灌顶”，就会成为 21 世纪知识传递的法门了。

不晓得那时候还需不需要读书？ 需不需要学习？ 是不是只要盛赞武侠小说超时代的科学预见，可以“醍醐灌顶”，就行了？

谐音的吊诡

中国人对语文作为意指的态度，有时马马虎虎，有时却万分认真，甚至充满了畏惧，而产生很严密的忌讳。汉儒解经，“礼者，履也；义者，宜也”，因谐音就可论断出天经地义，虽然可说是“意必固我”的典范，是硬邦邦的思想封闭与僵化，但从思维的推理来看，态度却自由自在，随便得惊人。靠着谐音就可自由联想，海阔天空，鸢飞鱼跃。要说道理嘛，也有其“民族文化特殊性”的道理：“礼之为言履也，可践履而行。”（《白虎通》）也就是说，礼是双“鞋子”（履），穿上之后，便可循规蹈矩地行动。说得振振有词，也难怪直到今天，当权者给人小鞋穿，还嫌人不懂规矩（礼）。

鲁迅在《阿Q正传》里说到阿Q的忌讳，反映了中国人对文字谐音认真的一面。大概是从古以来，老百姓就没忘记仓颉造字的传说，“天雨粟，鬼夜哭”，文字的发明泄漏了天机，其中暗藏无数神秘不可知的消息。因此，阿Q头上长癞，“讳说‘癞’以及一切近于‘赖’的音，后来推而广之，‘光’也讳，‘亮’也讳，再后来，连‘灯’‘烛’都讳了”。对谐音忌讳到这个地步，固然可怜又复可笑，却透露了人们心底的畏惧，怕暗藏在天地间的灾难，通过文字谐音的神秘感应，降祸于人。

对文字如此忌讳，又如此容易犯讳，真是动辄得咎。加上冬烘先生之无聊，从谐音再推进一步，努力发展形声音转之说，什么都可以“一音之转”，更是天才创造，不必深思就一切都得有圆满的解释。宋儒解释礼义，“礼者理也，义者谊也”，还会有错吗？当然没有错。如此直截简便的义理，还会有什么错？只是有碍理性思维而已。

张飞也妩媚

“妩媚”这个词，一般是用来形容美女的姿态的。说一个女人妩媚，往往是指她风姿动人，有一种特别吸引人的魅力。古代的字书《说文》曰：“妩，媚也。”《玉篇》则说：“妩，美女。”可见自古以来，“妩媚”就和美女的姿态分不开。

司马相如《上林赋》中有句：“柔桡嫚嫚，妩媚纤弱。”明白显示，“妩媚”是柔细纤巧的，是曼妙轻缓的，当然会使人联想到古代美女的体态表情与动作。

辛弃疾有一首词《贺新郎》，其中有这样的名句：“我见青山多妩媚，料青山见我应如是。情与貌，略相似。”不但青山妩媚，连金戈铁马的辛弃疾也自诩为妩媚了。而且，还重复说明，形貌与性情都妩媚。那么，“妩媚”怎么解呢？形容青山，问题不大，青山虽非美女，但朝飞暮卷，云霞风片，就像辛弃疾《武陵春》词所说“桃李风前多妩媚”。可是，辛弃疾本人呢？真正的男子汉也妩媚吗？

唐太宗曾经这样说过魏徵：“人言徵举动疏慢，我但见其妩媚耳。”即是说魏徵慢条斯理之中，有一种轻疏不羁的神态，给人“妩媚”之感。因此，男人也妩媚，指的是风神潇洒，自然脱略。

说男子汉妩媚，最有趣的例子是形容舞台上的张飞。侯喜瑞演的张飞，在《芦花荡》中雄赳赳、气昂昂，气吞河岳，不可一世，见到孙夫人时，却有些腼腆，同时流露了欢喜之情。就有剧评家指出，张飞见到新嫂嫂，从心底为大哥刘备高兴，喜悦之情自然流露，显得十分妩媚。

连张飞也妩媚，还有谁不能？

别字连篇

小时候听长辈说笑话，说众人谈论古典小说里的人物，其中一人说最喜欢《木许》里的季达。其余几位都感到茫然，不知是何书，也没听过这号人物。说的人只好再三形容："就是那个手使两把大爹，有万夫不当之男的。"原来讲的是《水浒》中的李逵，手使两把大斧，有万夫不当之勇。

近读明清笔记，见《嘻谈录》有这则笑话，才知长辈的笑谈居然还有出典。看来读别字是今昔皆然，鲁鱼亥豕，古已有之。今天的年轻人再荒唐，也不至于说出"手使两把大爹"，所以，不必过分苛责。

可是读别字到底是错，不责怪读错的人，只好责怪造字的仓颉，造出汉字这种繁复的书体。神话传说中的仓颉，有两对眼睛，无怪乎能够通晓阴阳，创出这么难写又难认的书体。后世的"四眼"，大都是因为读书认字太过吃力，只好借助眼镜，并没有天眼通的宿慧，于是时常还会读别字。

明末冯梦龙编的《古今谭概》中，记宿儒在乡下村学，听到学童读《论语》，念的是"都都平丈我"。他一想，原来是："周监于二代，郁郁乎文哉！吾从周。"意思是说，周代的典章制度有夏商二代为依据，丰富多彩，因此孔子要遵从周代制度。学童读别字，一连五个字全读错了，于是宿儒前去纠正，结果学童大吃一惊，吓得全跑光了。当时人作了这么一首打油诗："都都平丈我，学生满堂坐；郁郁乎文哉，学生都不来。"可见读别字的人，积非成是，要改起来还真不容易。

其实，我是很同情学童的。汉字实在难学，有时会写不会读，照说该查字典的，但也不可能人人随身携带工具书，只好“有边读边，无边读上下”。不过，这样的“土法识字”大多是要读别字的，实在莫可奈何。只盼不要像明代的学童，一连五个字都错，则汉字幸甚。

释中国

大约有二十年了吧，读到于省吾先生的一篇文章《释中国》，印象深刻，至今仍然萦回脑际。于先生是古文字大家，解释“中国”两字，与众不同，让我这个不通小学的人，茅塞顿开，但又同时感到迷惘，莫知所从。王国维说这种心境是开创大事业的肇端，“昨夜西风凋碧树，独上高楼，望断天涯路”，无限惆怅，眼前只是有待追索的漫漫长路。二十年后，我还是无限惆怅与迷惘，想到“中国”两字，依然不知确解。

先说于先生是怎么解释的。

我们一般总以为“中”字，和上、下一样，是个示意字，当中有一片或方或圆的面积，一条直线贯穿正中，就是“中”了。这应当与先民最原始、最基本的方向感有关，前后左右中，上下中，东西南北中（古代还没有“发、白”，不要乱想）。于先生说不对，甲骨文及金文的“中”（），都是“有旒之旃”，也就是有旌旒的旗帜。当中贯穿的直线，其实是旗杆，环绕着旗杆的一圈，是扶持旗杆的手臂。因此，“中”是权力的表象，权威的中心。

“国”字，按《说文》：“或，邦也，从口（音围）从戈以守一。一，地也。域，或又从土。”是说国字本来作“或”，可以分剖成三部分。一是口，指包围的范围，有疆域才有国；二是戈，指武力，有武力才能保家卫国；三是一，指土地，更直接了，有土斯有国。于先生说，全错了。按周代的金文资料，或字不从戈，从弋，后来写成戈字是讹写。或字分三部分，一是口，二是包围口的上下两横（或上下左右四横），三是弋。前面两部分合起来是古“邑”字，最右边的“弋”是注音。因此，或（国）就是邑。

中国，就是权力中心的邑，就是发号施令的中央。原来，政治挂帅是古已有之。

我不明白的是，难道中国人在看到旌旗飘飘之前，没有“中”字的想法？没有基本的方向图像观念？一定要看到“旗正飘飘，马正萧萧”，才能创出“中”字？难道不可能先有个方向示意的“中”，后来才有旌旗飘飘的“中”？

还盼小学家有以教我。

再释“中”

一个简简单单的“中”字，一旦探究本源，就成了极其复杂的问题。古文字学家说，“中”字在甲骨文与金文中出现的时候，一般都写成，作旌旗飘飘状，而不是我们今天所写的“中”字。唐兰在20世纪30年代出版的《殷虚文字记》中就说，“中”字在甲骨文里指的是旗帜，作旌旗飘飘状，而现在写的“中”字是省略变形的结果。

“中”字的本源，不是简单的“中间”之义，而是由旌旗转变而来的衍生义，这实在令人感到奇怪，简直就有点不合情理。以普通常识来推断，古人造字，应当就近取义，以日常身边最基本、最直截的意思造为文字。“中间”当然比“旌旗”要根本，是任何人最早要认识的概念之一，因为是最基本的空间方位概念。原始人在生活中一定会接触到这个基本的生存概念，总是应该早于旌旗的出现吧？唐兰一定也觉得，“中”字先有复杂的旌旗飘飘之义，后有“中间”之义，是个怪现象，因此自问：“中为旂旐之属，何由得为中间之义乎？”

他倒是有清楚的答案：“余谓中者，最初为氏族社会中之徽帜，古时有大事，聚众于旷地，先建中焉，群众望见中而趋赴。群众来自四方：则建中之地为中央矣。……然则中本徽帜，而其所立之地，恒为中央，遂引申为中央之义，因更引申为一切之中。”徐中舒主编的《甲骨文字典》完全赞同此意，并指出，甲骨卜辞多有“立中”之辞，如“卜央贞王立中”（人九七二），“己亥卜央贞王勿立中”（粹一二一八），“丙子其立中亡风八月”（存二、八八），可以确知旌旗飘飘就是“建中”

“立中”，是中央的原义，真的是“政治挂帅”，“有了政权就有了一切”。

再看看容庚编的《金文编》，所举的几十个中字之例，都是旌旗飘飘。引申作为“仲”字，才简化成“中”。

难道“中间”“中央”这种方位空间的概念太抽象，不易为古人掌握，非得有了政权，有了象征权威的旗帜，先有了权力的中央，才逐渐出现抽象的方位的中央？

止戈为武

中国文字，象形指事，有一种特殊的意指魔力，可以让人发挥想象，由文字的造型，联想出哲学概念。本来是字源学的探索，是语意学的分析，也可以转为哲思的体会，甚至使字义的诠释变成天经地义的本体权威。

许慎的《说文解字》说“武”字，引《左传》宣公十二年（公元前 597 年）楚庄王语：“夫武，定功戢兵，故止戈为武。”这是在解释字义的时候，找到一个历史典故，把字分解开来，赋予本质性的意义，把一个与斗争、较力、征伐、战斗相关的字，提升到更高的道德范畴：止戈为武，“武”有目的性，和平止战才是“武”的真谛。

许慎这样解释“武”，已经不是字源学或语意学的解释，而是道德哲学的诠释了。至于“武”字的本源，于省吾的《释武》是这样解释的：“武从戈，从止，本义为征伐示威。征伐者必有行，‘止’即示行也。征伐者必以武器，‘戈’即武器也。”

然而，许慎的解释，虽然不合文字训诂的正规，却给我们提供了重要的哲理：光靠武力是不行的。真正的“武”，最高境界的“武”，是止戈，是和平，而不是战争。因此，中国人才会说“不以其道，胜之不武”。武侠传统中的武侠，也不是力气最大、武器最锋利、只会打架而没有理想的莽夫。

许慎引楚庄王那一段话的原文，其实不只说了“定功戢兵”，而且说了“武有七德”：“夫武，禁暴、戢兵、保大、定功、安民、和众、丰财者也，故使子孙无忘其章。”也就是说，不要使用暴力、放下刀枪武器、保持国势强大、巩固国家功业、让人民安居乐业、使庶众和平相处、让百姓发家致富，如此才能使子孙后代不会忘记伟大的功绩，永垂不朽。

止戈为武，是一个民族经历过长期战争痛苦所提炼出来的智慧。春秋时期，晋楚反复争战，楚庄王打赢了郯之战，却说出了这一番深刻的道理。此后又有战国纷争，秦王称霸，楚汉相争，使得许慎编一本字书都充满了历史的感喟：止戈为武。

每况愈下

自从鲁迅在《从胡须说到牙齿》一文里，批评章士钊沿袭古人，把“每下愈况”误用作“每况愈下”，就开始有人要“拨乱反正”，给“每下愈况”一词平反。因此，现代的文章里，遇到形容情况愈来愈糟，就时常有人一反习惯用法，写成“每下愈况”。另有些人习而不改，仍用“每况愈下”。于是情况愈来愈糟，年轻人愈来愈糊涂，不知道是“每下愈况”呢，还是“每况愈下”？

其实，说章士钊用错了典故，未免有点吹毛求疵。古人与章士钊把“每下愈况”用作“每况愈下”，也并非误用，只是颠倒字序，转来表达不尽相同的意义。换言之，“每下愈况”和“每况愈下”的意思不完全相同，用对用错要看情况而定，不是正误关系，不能搞什么“平反”。

“每下愈况”出自《庄子》：东郭子想问清“道”在何处，庄子说“无所不在”。东郭子不甘心，还要继续追问，庄子也有问必答，说在蝼蚁、在稊稗、在瓦甓、在屎溺，愈说愈低下。东郭子只好闭嘴，庄子便说：“你所问的，根本没有接触到实质。……市场上检查大猪肥瘦之法，是去踩踏猪腿，愈往低下愈明情况（每下愈况）。”因为猪腿愈往下，肉愈少，是测验肥瘦情况的好方法。因此，“每下愈况”的本意，虽然暗含愈下愈瘦之意，却不是明指情况愈来愈糟。

碰到这样的困扰，查查《辞源》《辞海》，基本上是可以解决的。可是，有些人以为鲁迅既然批评了章士钊，其中必定有文章，“每况愈下”的用法总是有毛病的，不如还是用“每下愈况”吧。 那就上了大当了。

请回去读读鲁迅的原文，他的确是在批评章士钊，自己却按习惯用了“每况愈下”，只是说明了要把错“栽”在章士钊身上。

“莫须有”与“将无同”

一般人都知道，岳飞死于冤狱，而秦桧置其于死地的罪名是“莫须有”。《宋史》记载韩世忠对岳飞之狱愤愤不平，质问秦桧。秦桧说，岳飞谋反之事虽然没有真凭实据，但“其事体莫须有”。韩世忠就说：“莫须有三字，何以服天下？”

小时读书不求甚解，以为“莫须有”就是“不须有”，秦桧说不需要证据就可以判岳飞死刑，真是旷世未有的大奸臣。后来，经有学问的大人点拨，才知道“莫”是“或”的意思，是表达可能性的怀疑用语，“莫须有”就是“也许有”，属于“事出有因，查无实据”之类。按照专制政权“宁枉勿纵”的规矩，虽然岳飞死得冤，却并非空前绝后的冤狱。20世纪的“莫须有”，还不知有多少呢。而且，并非“也许有”之类，而是蛮横霸道的“不须有”。

“将无同”也是我小时弄不清的词语，直到研读魏晋玄学资料，才算明白。《晋书》与《世说新语》都记载了这样的故事：身为宰辅的长者问青年才俊，儒家重名教，老庄明自然，是同还是异？青年回答“将无同”。长者一高兴，就封了青年才俊一个官做，当时人说这是“三语掾”，就是“三个字的官”。

这“将无同”三个字为什么这样了不起，一说出来，就有官做，是说“将来会不同”吗？后来弄清楚了，“将无”是语助词，有反问肯定之意，也就是回答“不是同吗？”不回答同，也不回答异，回答得模棱两可，但又附和长者的心意，说

“儒道不是同吗?”就可以有官做了。看来魏晋玄学也不怎么玄。

倒是中国文字的运用可以很玄,“莫须有”就会杀头,“将无同”就有官做。小时怎么会懂?

选贤与能

《礼运》"大同"一说记载的孔子的政治理想是:"大道之行也,天下为公。选贤与能,讲信修睦……"为了实践理想,"选贤与能"是必要的条件,然而,什么是"贤",如何"选",就成了历代争议的重点。

儒家思想强调道德教化,因此,"贤"当然指的是有德行,如《周礼·地官》论及乡大夫之职,就说:"考其德行道艺,而兴贤者能者。"郑玄注:"贤者,有德行者。"

然而,古代的字书并不如此"道德挂帅"。《说文》就把"贤"字列在"贝"部,也就是列在"财货"一类:"贤,多才也,从贝。"《六书故》顺着这个说法解释:"贤,货贝多于人也。"这是说,财货比人多的就是"贤"了。套用音转释义之法,"才者,财也",多才是贤,多财就是贤。也难怪近代学者杨树达在《释贤》一文中,大为感慨:"以臤为贤,据其德也;加臤以贝,则以财为义矣。"杨先生的感慨,证之中国古代社会,其实是过虑了,因为传统社会"封建专制",选贤与能,从来不以财多为标准。他的感慨,倒适合先进的现代民主制度,选举全看财力雄厚与否,不是有亿万家财,就是有一批"金主"。

《说文》虽然把"贤"字列在"贝"部,但说"贤,多才也"却不一定指财货多,也可能指才能多于人。另一部字书《玉篇》就说:"贤,能也。"诸葛亮在《便宜十六策》中说:"贤不必圣人,要以智通。"强调的就是能力与才干。诸葛亮的对手曹操,更是明白区分了"才能"与"德行",认为"有行之士未必能进取，进取之士未必能有行”，也就是说，有德行的未必有才能，有才能的未必有德行。曹操求贤若渴，而他心目中的“贤”，则包括了“负污辱之名，见笑之行，或不仁不孝而有治国用兵之术”的人。听起来，像是在说今天的政治人物。

萝卜头

萝卜头是我的同事，是位很可爱的美国女士。这名字听来不雅，但不是谑称，也不是昵名，是直译 Roberta。她有一头微卷的红发，真要给她取谑称，应该叫胡萝卜头，或是按照明清人的叫法“红毛萝卜头”。我有次跟她说，她的名字很有趣，听来像 Chinese turnip。她问萝卜是不是什么忌讳（taboo），我说好像不是。在台湾，萝卜叫菜头，谐音“彩头”，是好彩头的意思。从此，她就很得意，说自己的中文名字是萝卜头。

我心里却有点忐忑，觉得自己颇似当年的广东师爷。英国人要译 Waterloo，就给他个“窝打老”，要译 Aberdeen，就给他“鸭巴甸”。至于读来会产生什么联想，只好去问他们信仰的上帝了。

萝卜头这两天不高兴，拿了一份草拟的抗议书，问我的意见。大意是说，在校园里看到许多海报与招贴，只有中文，没有英文，她看不懂，因此提议给学校当局，规定以后一律用英文，或中英双语。她振振有词，提了两点强烈的理据：第一，香港是个国际都市，要国际化就得用英文；第二，她看不懂中文，因此，只有中文的海报与招贴，是“种族歧视”。

我说，萝卜头啊，你最好不要去散发那份抗议书，以免贻笑大方。巴黎算不算国际都市？怎么你不去抗议只有法文的招贴？怎么不去规定至少要英法双语？柏林算不算国际都市？你要不要也去抗议只有德文的招贴？反过来说吧，你是纽约来的，满街招贴都是英文，是不是歧视其他种族？在纽约的法国人、德国人、中国人、日本人、俄国人、阿拉伯人……是不是都要起来抗议，要求多语（就不止双语了）招贴？

萝卜头扑哧一笑，原来紧绷的脸化成了一团笑，说纽约的唐人街是有些招牌只有中文，我总说那是封闭的 ghetto（贫民窟，原指犹太区）心态，怎么自己到了香港也自我封闭了？

我心想，恐怕不是贫民窟心态，是殖民心态作祟吧？

（声明：本文情节全属虚构，请勿对号入座。）

读书不肯为人忙

陈寅恪先生在 1929 年曾为北大史学系的毕业生题过两首诗，第二首是："天赋迂儒自圣狂，读书不肯为人忙。平生所学宁堪赠，独此区区是秘方。"一开头抒发了本人的性情与做学问的态度，说自己天生是个独立思考的读书人，读书是为了自己，为了探求文化知识，为了寻找人生意义，而不是为了别人，不为世间的功名利禄所用。然后，就告诉年轻人，平生所学有什么可以相赠的呢，就是这种独立思考、不受人左右的精神。

陈先生的"读书不肯为人忙"，让人想到孔子说的："古之学者为己，今之学者为人。"也就是提出，读书的终极目的，到底是什么？是为了"学成文武艺，卖与帝王家"的实用价值，还是寻求个人思想的独立自主？

对一般人来说，读书有其实用的目的，求学是为了掌握专业知识，有一技之长，可以谋生。然而，这只是读书的初阶目的，以专业知识来"揾食"[①]。问题是，等到有了饭碗，难道就不读书了？或是不读专业之外的书了？假如真能技术到手，有饭吃了，书也不必再读，浑浑噩噩一世，"饭来伸手倒便眠"，像养猪一样，倒也幸福。人生意义？没有意义。多好！可叹的是，人毕竟不是猪，达不到猪的"卧忘"境界。《庄子·大宗师》说颜回能"坐忘"，引得孔夫子羡慕不已，其实，猪则更高一筹，从来没想过读书求知，不必绝圣弃智，早

① 广东方言，本义为找吃的，此处作引申义"谋生"。——编者注

就卧忘得道了。可惜那是猪，不是人；是人就会思想，一旦思想，就会想为什么活着。

年轻人忙着读书，时常是为了父母，为了交功课，为了得文凭。等到有那么一天，读书不再为别人，不再为了功利，完全是为了自己的时候，就是发现人生意义之时。那时，就有了自己生命的主体与主见，也就理解了陈先生的谆谆忠告“读书不肯为人忙”，因为，为自己还忙不过来呢。

两文四语

香港推行“两文三语”，成效不彰，或许与香港特区政府的政策及官员的心态有关。最明显的例子，就是乘坐地铁只听到“两文两语”（广东话、英语），显示老百姓在日常生活中，不但不需要普通话，也不必顾及只懂普通话的少数。

直到你在机场乘上接驳快车，突然就听到了“两文三语”。虽然普通话只是敬陪末座，但毕竟是有了。这大概显示了赤鱲角机场的“国际性”，会有许多不通广东话的华人经过。以香港人的商业敏感及务实精神，马上就知道必须加上“第三语”，以免过境旅客不知所措。

不久以前，我在台北乘坐刚通车半年的地铁，赫然听到了“两文四语”。在报站名时，扩音器接连播出了“国语”（普通话）、闽南语、客家语、英语。我不知道这个方式已经行使了多久，是否新地铁一通车就如此，但却听到不少乘客相互询问：“说的是什么？”“是客家话吗？”“最后是英文吗？”显然大多数乘客并不熟悉后面两种语言，不过，好像是觉得车厢里用四种语言也不错，便利了不同族群。

这件小事让我想到不少问题：我们一向都说香港是个国际都市，而台北只是区域性都会，现在台北地铁上已经“两文四语”了，是否反映香港社会的保守退缩与故步自封呢？反过来说，台湾的族群差异已经反映到语文领域，因此，闽南语占有重要地位是不必说了，连客家作为少数族群，也在官方语文使用上占有一席之地。那么，“两文四语”是否是一种泛政治化的表现呢？其后果是否有助于族群的融合呢？

我个人认为，只要在可预见的未来不造成族群的冲突与矛盾，“两文三语”或“两文四语”都有便民之效，特别是帮助了少数族群，让他们产生文化的归属感。当然，用多少种语言也要视现实情况而定，不能毫无限制。总不能为了尊重台湾的九个少数民族，再加上九种语言，在台北的地铁上播出“十三语”吧?

七套《四库全书》

不久以前，与暌违了二十年的老友相聚，谈起旧游往事，既欢畅，又感慨。学者聊天，三句不离本行，总是转回到学术研究上。他是数学家，看我对数学一窍不通，就谈文章诗词、经史子集。

于是，就说到了《四库全书》。他听说《四库全书》不只一套，好像共有四套，分存各处，问我是不是。我说不只四套，原来一共有七套。朋友说，有七套吗？他从来不知道。都在哪里呢？这一下麻烦了，在饭桌上酒酣耳热之际，要我详述《四库全书》的始末，如何讲得清？于是一一述来，一套在大内、一套在沈阳、一套在避暑山庄、一套在圆明园、一套在杭州文澜阁，还有两套呢？怎么也想不起来，但确定是像圆明园那一套，毁了，没了。

回家查了查书，还好，没说错，没把错误的知识，传递给讲求精准的数学家老友。

《四库全书》是在乾隆年间编修的，从编辑到抄定七套，前后经历了二十多年。原先成书的四套都存在北方：大内建了文渊阁，承德避暑山庄建文津阁，沈阳盛京故宫建文溯阁，圆明园建文源阁。后来又缮写了三套，存在南方，分别在：扬州文汇阁、镇江文宗阁、杭州文澜阁。

除了文宗阁以外，其他的藏书阁都带着水旁：渊、津、溯、源、汇、澜，当然是为了防火，让火神知道藏书之处都是水，烧也烧不起来。

可惜中文字没有一个偏旁是“和平”，也就想不出对付战争的避邪厌胜之法。南方的文宗阁与文汇阁毁于太平天国战火，文澜阁亦损失惨重，毁了四分之三。圆明园遭英法联军烧毁，文源阁也没了。

剩下来的三套，大内文渊阁的一套运到了台湾，藏台北故宫博物院，文津阁一套藏北京图书馆，文溯阁一套移到了兰州，藏甘肃省图书馆。多年前，文渊阁本终于影印出版；后来又在香港出了电子光盘版。现在,《四库全书》已经可以在计算机上检索，再也不是天壤秘籍了。

安贫的错误

人们总是说，文章会反映时代精神。研究文化史的学者，从文章中追索作者的思维脉络，企图理解特定历史时期的文化氛围；阐释学派更从对传统经典的理解与评论中，得窥文化精神承递变化之迹。近来读了一本评点版《增广贤文》，更看到某些当代中国学者的时代心态，感到十分有趣。

对“君子安贫，达人知命”的评点，是这么说的：“君子安贫乐道，多数是指封建文人、学者。这些人读书知礼，清高自负，洁身自好，生活虽然清苦，但比较淡泊金钱财富。用现在的观点看，‘安贫’不可取，应通过发展经济，不断改善生活水平。当然，作为个人，对生活条件的追求要从实际情况出发，不能盲目攀比，不能奢望太高。”

原来在评点者的心目中，“安贫乐道”是封建文人学者的事，和现代人全然无关。“这些人读书知礼”，“洁身自好”，都是古代的“过去式”，与今天生活的“现在式”不相干，甚至“不可取”。是现代人，就该“向钱（前）看”，满脑子金钱财富，发展经济，先购冰箱电视，后买汽车洋房，最好还有股票债券、别墅游艇，则达到“现代君子”的理想。

平时听到这种“向钱看”的论调，总觉得是经济发展中的现象，无足为怪。邓小平不是说，“要让一部分人先富裕起来”吗？可是，连古代典籍的评点都充满了“经济挂帅”的想法，甚至断言安贫乐道为“不可取”，还是让人为之悚然。

我不禁想，安贫乐道是一种人生态度，而且是个别的人肯定自我主体的方式，为什么“不可取”呢？因为他妨碍经济发展吗？ 因为他违背商业大潮吗？ 因为他不肯随俗浮沉，不肯“不断改善生活水平”吗？

《增广贤文》宣扬的，是过去的人生经验，是传统社会的智慧。 的确，不现代，更不“后现代”。 可是，真的一无可取吗？ 假如真是一无可取，出版现代评点本干什么？

或许评点者会说，有稿费，可以改善他的生活水平。

死生有命

最近买了一本新出的《增广贤文》，有白话翻译，又有评点说明，显然是为一般读者刊印的。《增广贤文》这样的书，本来就是民间读物，汇集了文献中的通俗佳句，编成押韵的篇章。像“近水楼台先得月，向阳花木早逢春。古人不见今时月，今月曾经照古人。先到为君，后到为臣。莫道君行早，更有早行人”，就是把古代诗文警句凑在一起，读来顺口，又多少印证了民间日常生活累积的经验，让文字成了民间智能的载体。

现代版的《增广贤文》，增了评点部分，是要让传统的民间智慧，顺应现代思想潮流，以免落伍。用心良苦，但也有触目惊心之处。

如“死生有命，富贵在天”这段话，原出自《论语》，反映了孔子对生命“无常”的感叹。后世转相引用，成了民间智慧。对人世与生命的变化不居，对突如其来的天灾人祸，对难以承受的生离死别，多多少少作了模糊的解释，提供了心理调适的理据。

现代版的评点是怎么说的呢？

它是这样教我们“现代智慧”的：“这是唯心主义的宿命论观点。唯心主义者虚构的‘命’，即天命，宣扬人的吉凶祸福、寿夭贵贱等一切遭遇都是命中注定的。在旧社会，统治阶级宣扬这句话，是用来愚弄劳苦大众，让劳动人民安于贫穷和苦难，不要起来造反。现今这句话已毫无可借鉴之处。”

“毫无可借鉴之处”，就是毫无价值、毫无意义。几千年来老百姓对人生无奈的感叹，原来毫无意义！ 不过，这句话在变成“现代化”的“毫无意义”过程中，却被人赋予了哲学的意义，成了“唯心主义”，成了愚弄老百姓的工具。

若是现代评点家的妻儿突然被汽车撞死，不知道他是否绝对不会出现“死生有命”的唯心主义宿命观，而只想着“起来造反”？

清蒸桂花鱼

在学校的餐厅，我时常点清蒸桂花鱼，也爱桂花鱼粥，因为鱼肉的质地鲜爽，细嫩却又有劲，口感颇似石斑。

有位洋同事告诉我，他与我有同好，爱吃海鲜，海鲜中最爱鱼，鱼之中最爱桂花鱼。我心想，桂花鱼是鱼不错，怎么变成海鲜（seafood）了呢？同事是洋人，莎士比亚是懂的，可惜没读过张志和的《渔歌子》：“西塞山前白鹭飞，桃花流水鳜鱼肥。”“鳜”字音“桂”，鳜鱼就是桂鱼，就是桂花鱼。桃花、流水、鳜鱼，一派江南水乡春天景色，与波涛大海无关。

后来我发现，不只是洋同事，有不少中国人也以为桂花鱼是海鲜。不禁令人想到，是否“海鲜”一词，在有些人心中指的是“水中的动物”，即古人分类所谓的“水之属”，海水、淡水无别。口里说的是 seafood，心里想的则是 waterfood？

有关桂花鱼的混淆，还不止此。曾有朋友告诉我，他在杭州吃过清蒸 jue 鱼，鲜美无比，味道较清蒸桂花鱼还胜一筹。我问什么是 jue 鱼？怎么从来没听过？他说，就是一个鱼旁，右边是个“厥”字。我听了哭笑不得，只好说那字读“桂”，他吃的鳜鱼不是什么 jue 鱼，就是桂花鱼。

朋友听了不太服气，说桂花鱼应该是与桂花有关的，怎么是鳜鱼呢？何况，他在杭州吃的鳜鱼，味道确实是比香港的桂花鱼鲜美，一丝土腥气都没有。

说桂花鱼与桂花有关，其实是倒果为因。“鳜”字难读，在菜单上就成了桂鱼，再为了创造字面上“秀色可餐”的气氛，加个“花”字，就成了桂花鱼，可说是广东人的花头。至于杭州的鳜鱼比较鲜美，可能是江南地灵“鱼”杰，水污染得少一点？也可能是野生野长与鱼塘饲养的差别。

虽说香港的鳜鱼稍逊一筹，我还是爱吃。

王谢堂前

在南京的时候，朋友要带我去夫子庙。我说以前逛过，都是些假古董，没兴趣。他说不是逛街，是去秦淮河边的李香君故居吃晚饭。

李香君故居？以前也是这位朋友带我去过，还告诉我，那儿根本不是李香君故居，只是颇具规模的明清宅院。

李香君与侯方域的爱情故事，因《桃花扇》的铺衍，在舞台上一代传一代，已经是家喻户晓。因此，“文革”以后重修夫子庙、秦淮河一带，以期成为观光胜地，让经济活起来，也就有学者“自由心证”，考证出来：三百五十年前，李香君咳血在桃花扇的居所，就是这座临河的旧宅。

朋友看我一脸不以为然的神情，就说，管他是不是李香君故居，关键是吃饭，而且现在去的是新楼，根本不是明清旧宅。

到了秦淮河边，才发现两年暌违，沿着河边已经建起了一排排的仿古屋舍。稍微逛了逛，赫然发现一条宽度齐整的“乌衣巷”，再往前走，过了个转角，居然出现了大红灯笼高挂的门楼，横匾上书“王谢故居”。

朋友是学历史的，看我颇受震撼，就说，简直是胡闹，盖个假古迹也不先问问历史学家，只好去骗观光客吧。我心想，有点中国历史知识的观光客也不少，恐怕不好骗吧？王谢故居？王、谢两族，是东晋南渡之后在建康（南京）最显赫的贵族，是两家，不是一家，怎么会住在一个门里？是我们历史没读通，孤陋寡闻，不知道最讲究门第出身的晋代贵族，原来都是住大杂院的?

看来负责修整秦淮古迹的专家们，大概只读过刘禹锡的《乌衣巷》一诗:“朱雀桥边野草花，乌衣巷口夕阳斜。旧时王谢堂前燕，飞入寻常百姓家。”说王、谢旧址在乌衣巷是没错的,《世说新语》的“雅量”篇就明确说过，宋代以前的旧方志也是这么说的。但是，建起一处宅院，名曰“王谢故居”，还列作收费参观的古迹，实在是胡闹。

三伏送冰

一年当中最热的时期，称作三伏，指的是初伏、中伏、末伏三段时期。按照古人的解释，夏至以后，第三个庚日（即天干的第七天）是初伏的开始，第四个庚日是中伏的开始；立秋之后，第一个庚日是末伏的开始，第二个庚日前一天是末伏的终止。换成现在通行的阳历，则相当于 7 月中旬到 8 月下旬，即的确是最热的时候。

三伏也称庚伏，因为是以庚日来计算伏天时日的。至于为什么用庚日来计算，古人也有一套说辞。《广韵》引《释名》说："伏者何？金气伏藏之日。金畏火，故三伏皆庚日。"这是依照五行相克的道理来说的，庚位在西方，属金，为火所克。所以，到了伏天，金畏于火，就"伏"了。这个解说法，当然不科学，不过连唐代的大学问家颜师古（581—645）都这么说，我们也不好来胡乱批评，只当他有此一说吧。

三伏很热，是吃冰淇淋、喝冰水的时节。古人没有冰淇淋吃，怎么办？有钱的老爷还是有办法的，把冬天窖藏的冰块起出来，可以驱暑，也可以冰镇水果、果汁，甚至酸梅汤、玫瑰露。没钱的老爷，置备不起冰窖，只好等着有办法的好友馈赠冰块了。北宋诗人梅尧臣，就有一首《中伏日永叔遗冰》的诗，写中伏日热得发昏，好友欧阳修送了皇帝赐赠的冰块，很有趣，录在此：

日色若炎火，正当三伏时。盘冰赐近臣，络绎中使驰。莹澈肖水玉，凛气侵人肌。近日多故友，分贶能者谁。信都顾贫贱，物物义不遗。念我老且病，赤痱生枯皮。巨块置我前，凝结造化移。畏冷不敢食，有类夏虫疑。虽然已快意，何必咀嚼为。天子厚于公，不使炽毒欺。公亦厚于我，将恐煎熬随。我有舐犊爱，自怜小子龟。

三伏送冰，雪中送炭，本来都是美谈。不过，到了清朝的官场，变成孝敬上级的贿赂，称之冰敬、炭敬，就不值一谈了。

必读书目

读者来信，说我在文章里提到《神曲》是好书，应当细读，还有哪些书是必读的？请开个书目，他好用心细读。我吓了一跳，觉得这里有点误会，要澄清一下。

好书要细读，不要轻忽，没错。然而，天下好书也不少，不可能本本“必读”，只能选择兴趣相关或学习需要的来读。是好书，则开卷有益，读一本就终身受点益，不会徒劳无功。至于开列必读书目，则不但见仁见智，各人眼光不同，且读者也有性向与需求的不同，要求量体裁衣的“必读”。

五四运动之后，学者们整理国故之时，就有个“青年必读书”的事件。不少大学者洋洋洒洒列了上百成千的“必读书目”，有如图书室的清单，好像青年们一天二十四小时都能读书，有无穷无尽的时间。鲁迅则说，中国书一本都不要读，读读外国书。大家七嘴八舌，青年们益加迷惘，不知该听谁的，必读什么。

其实，没有什么书是“必读”的，不读就会不齿于人类。好书则不少，读了都有好处。譬如《圣经》，信基督教的必读，不信的不读也可以。然而，它是本重要的好书，即使你不相信宗教的诲谕，读了也可以增进文化知识，了解西方文明传统。再如《论语》，中国人读了可以了解自己的思维脉络，外国人读了可以了解中国人，也可增加人际伦理的认识。若是不读，只是少了点知识与文化的修养，上帝跟孔夫子也不能拿你怎么样。不知道苏格拉底、柏拉图，也一样活得好好的，只是知识欠缺而已。

爱好文学的人，有些书是该读的，因为大家都读，经常征引，不知道不行，不然似乎很没面子。所以，读读荷马、莎士比亚、歌德，读读《诗经》《楚辞》、陶渊明、李白、杜甫、苏东坡，读读《水浒》《西游》《红楼梦》，免得人家说猪八戒，你就瞠目结舌，问猪八戒是谁。最重要的是，这些好书都是智慧的结晶，一旦用心细读，收获良多，你就发现了美丽的新世界，再也不是“面子”上的事了。

古书标点

古代刻书，一般都没有标点。读书人读书，自行句读。学问好的，可以一目十行；胸无点墨的，可就麻烦了，翻来覆去还不见得读得通。若是断错了句，当然也就误会了原意，愈读愈糊涂。

自从发明了现代标点符号，学子受惠不浅，读书容易多了。在20世纪二三十年代的时候，新式出版业兴盛，标点古籍出版也有相当广阔的市场，因此，书商就趋之若鹜，延请文人标点古书，出版图利。因为利之所趋，标点未免马虎，时常出现讹误，害人也不浅。鲁迅国学底子好，时常读到这种胡乱标点的古书，就生气，有时还写文章批评。

近些年来，中国出版业复兴，市场经济发达，再度刺激了古书标点刊印。对读书人来说，这当然是好消息，又能买到早已绝版的好书，一卷在手，其乐无穷。不过，好书的刊行，起码要有准确的标点，否则读来如堕五里雾中，像猜谜游戏。读古书的目的，往往是为了做学问，不是闲着无聊打灯谜，因此，被迫玩断句游戏，心情一般不会太好。

近读上海远东出版社刊印"宋明清小品文集辑注"中的《味水轩日记》(1996年版)，读到卷二，万历三十八年(1610年)二月十八日，李日华说他观赏白居易手写《楞严经》第九卷一帙，有赵明诚的跋。这个新版是这样标点断句的："淄川邢口氏之村丘平地，弥水林晶。清墙麓确确布错，疑有隐君子居焉。问之，兹一村皆邢姓，而邢居有嘉故潭，长好礼，遂造其庐院中，繁花正开，主人出接不厌。余为兹州守……"

什么是“弥水林晶”？ 什么是“淯墙麓”？“出接不厌”又是什么意思？

缪荃荪《云自在龛随笔》卷二也录了赵明诚的跋，断句如下：“淄川邢氏之村，邱地平弥，水林晶淯，墙麓硗确布错，疑有隐君子居焉。问之，兹一村皆邢姓，而邢君有嘉，故潭长，好礼，遂造其庐，院中繁花正发。主人出接，不厌余为兹州守……”

是不是清楚多了？

声律启蒙

古代的小学教育，以语文为主，虽说主要的课本是“四书”“五经”，但启蒙的初步还是要先识字，读《三字经》《百家姓》《千字文》《神童诗》之类，然后就是学着对对子，作诗句。

明清时期，教学童对对子的书很多，如车万育编的《声律启蒙》，按韵排列对仗的词语，不但使学童学习了对仗的句法，也同时灌输了对比的观念。中国人的思维时常循着一种形象对比的逻辑，如天对地，西对东，中国对世界，人力对天工，有时甚至过于黑白分明，简单武断，不知与这种特殊的语文训练法是否有关？

《声律启蒙》开卷便是“一东”：“云对雨，雪对风，晚照对晴空。来鸿对去燕，宿鸟对鸣虫。三尺剑，六钧弓，岭北对江东。人间清暑殿，天上广寒宫。两岸晓烟杨柳绿，一园春雨杏花红。两鬓风霜，途次早行之客；一蓑烟雨，溪边晚钓之翁。”

试想儿童一开蒙就背诵这样的课文，铿锵有韵，便于记忆，又形象鲜明，对偶清晰，像唱诵儿歌一般，当然会深植心田，不必去想对仗之间的逻辑关联。其实云、雨、雪、风都是自然现象，在此属于同类，云对雪也可以，风对雨也可以，不必一定是“云对雨，雪对风”。然而，押韵是排列概念的另一规律，而韵律所造成的音声秩序，就产生了莫大的魔力，使得“云对雨，雪对风，晚照对晴空”变成无可置疑的对仗秩序了。

最近看到有人效法此书的形式，教现代年轻人对对子，学声律，“一东”也现代化起来：“前对后，正对中，岭北对山东。冰天对雪地，旷野对长空。持正义，秉贞忠，胆赤对心红。逢迎非志士，慷慨乃英雄。邪气终须畏正气，东风毕竟压西风。校有财、会、商，白面书生学贾；军分空、海、陆，红颜少女从戎。”意识形态强调赤胆忠心、保家卫国不变，却增加了不少新思潮，如“东风压倒西风”“财经救国”“少女从军”等等。

可惜年轻人不再读这样的书了。

对韵手册

明清时期有不少学习对韵的手册，一方面可以教孩童识字之后对对子，另一方面可以教人掌握声韵知识，进而学习作诗。这种手册属于蒙学的范畴，很像今天的《英语九百句》《电脑使用初阶》之类，是日常应用书籍，难登大雅之堂，不会列入著作之林。因此，当时虽然风行，印数很多，流传亦广，留存到今天的却不多。现在已经是 21 世纪，还有什么年轻人会一东二冬三江四支，学诗韵作旧诗呢？喜好文艺的青年，早就在模拟“星空是多么希腊”了，谁还去管“天对地，雨对风，大陆对长空”呢？

不过，也有一些老学者，或许是因为当年自己是学对韵发蒙的，总是难以忘情，想把老学问现代化，旧瓶好装新酒，老树也发新枝，便重新编就了新式对韵手册，形式依旧，内容则“尽量选用现实性题材”。我近来读到一本《联韵新编》，不禁颇有感触。

且看“一东”所列：“今对古，始对终。南北对西东。反思对正视，豁达对冲融。排宿怨，立新功。存异对求同。人生多味果，社会万花筒。一国何妨存两制，万家无不盼三通。滞迹天涯，怅望年年芳草绿；寻春幽境，欣看处处杏花红。”

编者的目的，当然是希望这样的手册，能够吸引年轻人对中国语文特性产生兴趣，了解对仗平仄与韵律的规则，进而对对子、学作诗。同时，编者还以为内容新颖，赶得上时代潮流，“一国两制”、两岸“三通”都包括了，反思的本领也有了，岂不是融合古今，超越前贤？

可惜编者忘记了现代文艺青年的基本心态，第一就是嫌恶政治口号，其次就是鄙视广告台词，更不用说使用文言语法的诗词格律了。因此，编一本新的对韵手册，是给谁看呢？小学生不会看，太深奥；中学生不会看，太古旧；文艺青年不会看，太八股；上班族不会看，太不实用；家庭妇女不会看，太没趣味。编给文艺老年看吗？还是编给我这类只要是书就看的人，看了还批评呢？

从对对子说起

陈寅恪在清华国学研究院任教时，曾为入学考试拟过国文题目，一是作文“梦游清华园记”，二是对对子，题为“孙行者”。前者只是篇游记，可以是写实，也可凭空想象，反正只是做梦，无可争议。对对子却引起一番议论，有人认为新时代还用旧塾师的方法，要学生对对子，未免落伍。不过，学生的下联，有的作“祖冲之”，有的作“胡适之”，倒成了脍炙人口的一段佳话。

陈寅恪自己却认为，对对子是测试学生中国语文的好方法，举了四项功用：甲、能否分别虚实字及知其应用；乙、能否分别平仄声；丙、可以测验读书之多少及语藏之贫富；丁、可以测验思想条理。他甚至认为，中国语文的特性，可以由对对子反映出来，因此，写了一封长信给当时的清华国文系系主任，《与刘叔雅论国文试题书》。

在这封信里，陈寅恪明白表示，每一个国家的语文，都是在长久历史文化的脉络中发展出来的，都有其历史演变的特性，不宜随便套用其他语文的文法。尤其是中国语文，与藏文、缅文为同系，而与印欧语系有很大的差异。若是强作比附，硬套欧洲语文的教学方式，就会“成一非驴非马、穿凿附会之混沌怪物”。

由此，陈寅恪还批评了比较文学与比较文化的一些谬误，说得切中时弊，有些批评到今天还有针砭作用：

> 即以今日中国文学系之中外文学比较一类之课程言，

> 亦只能就白乐天等在中国及日本之文学上，或佛教故事在印度及中国文学上之影响及演变等问题，互相比较研究，方符合比较研究之真谛。盖此种比较研究方法，必须具有历史演变及系统异同之观念。否则古今中外，人天龙鬼，无一不可取以相与比较，荷马可比屈原，孔子可比歌德，穿凿附会，怪诞百出，莫可追诘，更无所谓研究之可言矣。

不过，一定会有人说陈寅恪落伍了，犯了“历史主义”的谬误，不懂“普世精神”。君不见，当今比较文学研究，人天龙鬼不少，穿凿附会很多。不过，人们都说是“后现代”。

朱元璋作对联

朱元璋是历代开国皇帝出身最低的，连汉高祖刘邦都比不过他。在崭露头角之前，刘邦混地痞流氓，朱元璋则为了混饭而剃发出家，甚至游方乞讨。不过，登基之后，二者都有鸿文传世，倒是中国文学史上的异数。刘邦的《大风歌》:“大风起兮云飞扬，威加海内兮归故乡，安得猛士兮守四方。”气势雄浑，有开国气象。朱元璋则亲笔撰写大诰文章，写过骈体押韵的《皇陵碑》，传说还作过几副对联，颇有帝王之概。

有关朱元璋作对联的故事，梁章钜的《楹联丛话》中记了不少。如赐给中山王徐达一联:“破虏平蛮，功贯古今人第一；出将入相，才兼文武世无双。”再如赐给陶安宇学士的一联:“国朝谋略无双士，翰苑文章第一家。”固然有点傲视群伦的气度，但总令人觉得是拟帝王口吻，比亲撰的皇陵碑文要平稳舒张得多，语气比较接近翰林学士危素代拟的碑文。

倒是朱皇帝赐给阉猪人家的春联，大开大阖，睥睨世人，才像开国皇帝的气派。故事说朱元璋除夕传旨，规定家家户户贴出春联。随后微服出游，发现有一家门上还没贴出。一问之下，知道这家人从事阉猪的贱业，自己不会写，就亲自题了一联:“双手劈开生死路，一刀割断是非根。”

还有两个传说，都是朱元璋微服出游，见景生情，作出上联，老百姓对下联，歌颂明朝一统天下。一是在村店中饮酒，却无下酒菜，朱元璋就说:“小村店三杯五酌无有东西。”

店主人便答：“大明国一统万方不分南北。”另一则是在酒楼上独酌，遇到来自重庆的士子，朱元璋就说：“千里为重，重水重山重庆府。”士子对答：“一人为大，大邦大国大明君。”这两副对联虽然绝妙，却像文人编故事，拍朝廷马屁，只不过拍得很好，大概还会继续流传。

叠字的技巧

诗词中出现叠字，属于文字运用的技巧，用得好，能恰当展现所写的意境，也能加强表达的感情。杜甫的诗句，“无边落木萧萧下，不尽长江滚滚来”，令人感到动态的节奏，加进了时间的因素。就像电影镜头展现秋景的苍茫，落叶飘零，无边无际，江水波涛，汹涌不停。李清照的《声声慢》词，“寻寻觅觅，冷冷清清，凄凄惨惨戚戚”，读起来真是凄惨。那种伤心往事，只有自己独守，一怀愁绪，“梧桐更兼细雨，到黄昏点点滴滴”。

元曲中运用叠字的例子更多。白朴的《唐明皇秋夜梧桐雨》第四折，当高力士问明皇，梧桐雨声有什么特别，明皇便说：“润蒙蒙杨柳雨，凄凄院宇侵帘幕。细丝丝梅子雨，装点江干满楼阁。”让人觉得牵肠挂肚。王实甫《西厢记》第二本第三折，莺莺觉得她母亲口不应心，要拆散姻缘，说：“俺娘呵，将颤巍巍双头花蕊搓，香馥馥同心缕带割，长搀搀连理琼枝挫。”一层一层铺染，展示了心里的强烈挫折。

真要说到运用叠字的功夫，可以看看苏州评弹。马如飞有一段《黛玉葬花》：“林黛玉，愁恨长，静悄悄悄坐象牙床。病绵绵绵病增瘦骨，泪垂垂垂泪满腮旁。但听得雨淋淋淋雨纱窗湿，风袭袭袭入绣罗帐。想奴奴奴命如花薄，谁把那花护护护花免残伤？想明朝红褪褪褪成胭脂色，落纷纷纷落在花岗。夜深深深夜难安睡，眼巴巴巴望晓鸡唱。一步步步入园中去，不管那露微微微露染衣裳。睹花枝枝枝都凋落，再不能香馥馥馥郁上林芳。残花瓣瓣瓣埋香土，情黯黯黯然独悲伤，想他年何人把奴葬？”从文字艺术来看，不如曹雪芹原来的《葬花词》，但是用吴侬软语唱起来，却有特殊的韵味。特别是连叠三字的句法，一种是 ABB、BA，一种是 ABB、BC，还有一种是 ABC、CC，一唱三叹，造成了缠绵的吟咏效果。

乙编

歷史的我執與超越

人类的始祖

中国人过去说，自己的始祖是黄帝，人人都是黄帝子孙。自从考古学家以现代科学方法挖掘出北京人之后，就有人说，就算传说可信，黄帝距今才五千年，应当把始祖的名分让给五十万年前的北京人才是。我还记得，大学时代学中国上古史，授课的李济之先生就总是强调，北京人有箕形门齿，和现代中国人一样。言下之意，暗示了北京人“绵绵瓜瓞”，繁衍出今天的中华民族。

我对老师的说法一直将信将疑，总觉得五十万年历史实在太久，其间还不知会发生多少事呢。假如说，两万年到一万五千年前，有人类从亚洲大陆移徙到美洲，成了新大陆的原住民，那么，五十万年之间，人类在没有大洋隔断的亚欧非旧大陆上，还不知可以移徙多少来回呢。为什么北京人就一定看上了周口店这块宝地，打定主意做中国人的祖先，非等到曹禺来写现代剧本，在舞台上亮相不可？

后来还发现了蓝田人与元谋人，好像中国人的始祖更可上溯，更是有根脉可寻了。可是，真要上溯，东非发掘的人类祖先可上溯三百万到四百万年，较一百五十万年前的元谋人，历史还要悠久得惊人。就算每年只迁徙一两公里，一百五十万到二百五十万年间，就不知可以在欧亚非大陆绕上多少圈。焉知元谋人不是东非古人类的后代？焉知北京人不是非洲人的后代？又焉知现代中国人的始祖不是非洲人？有趣的是，中国人很愿意承认猴子是自己的祖先，却不肯接受非洲黑人是自己祖先的这种可能性。

近来在安徽繁昌人字洞又有重大考古发现，据称发掘到二百万到二百四十万年前的人工制品，是欧亚大陆最早的人类文化遗址。也许将来还会发掘到三四百万年前的人类遗址，那当然是人类的始祖，但是，怎么才能确定那是“中国人”的祖先，而不是其他民族的祖先呢?

皮尔当人

在大学读书的时候，突然对考古人类学发生了兴趣，就到图书馆去借书来读。因为是自发的兴趣，没想到去请教考古人类学的老师，没问该看什么样的入门书，只按照图书馆的卡片索引，找到了一本列入大学丛书的研究专著，书名我已忘了，但内容是研究直立猿人的，主要探讨了爪哇人、北京人及皮尔当人，介绍得十分详尽。

从小就听过北京人和爪哇人，可从来没听过皮尔当人，因此也就读得特别仔细，知道了出土挖掘的过程，化石残骸的研究与复原，对人类祖先历史演化的意义，等等。读了以后，不禁感到奇怪，这么重要的人类演化“遗失的连环”（missing link），怎么没听人说起呢？眼前这本学术专著，言之凿凿，罗列的研究证据十分详细，难道就没有人注意吗？

因为怕问题唐突，不敢冒昧惊动教授，但实在太过疑虑，就去问了一位考古系的助教。助教倒是很好，告诉我这个皮尔当人是假的，整个事件是考古人类学界的一大丑闻，是英国人干的，完全是学术作伪欺诈。我问，学术欺诈做什么呢？为了名？为了利？他说，可能不完全是为了个人名利，也为了大英帝国既是日不落国就“无所不有”吧，是一种扭曲的帝国主义心态，连人类祖先都要出在英国才过瘾。

他还告诉我，那本书是20世纪40年代的资料，不久之后，皮尔当人作伪被科学界揭穿，就没有人再提了。因此，中学历史课本只列爪哇人和北京人与人类祖先有关。

这件小事给了我很大的启发，从此读书先看看版本，何时出的，资料反映了何时的研究成果。再去问问内行专家，有没有比较全面的入门书可以参考，以免受人误导，浪费时间。同时，对于所谓新发现、新证据也采取谨慎的态度，不轻信“白纸黑字”。

不过，现代科技比较会对付考古作伪，再有皮尔当人这样的例子，大概不会任其逍遥法外达四十年之久。近来日本北海道考古研究所副所长伪造旧石器文物出土，以及东北发现恐龙鸟化石的欺诈案，不是都在短期内就被揭穿了吗？

黄帝战蚩尤

小时候对上古历史的理解，多是道听途说而来。即使是从书上读到，那书上的知识也多半来自道听途说，不十分可靠的。

最知道的当然是我们中国人的祖先黄帝，知道他发明舟车，奠定社会组织；他的妃子是嫘祖，发明了养蚕缫丝；他的臣子仓颉，发明了文字。他还有件伟大的功绩，就是战败了蚩尤，消灭了侵略的暴虐势力。在我幼小的心灵里，黄帝大战蚩尤，就是善与恶的斗争、光明与黑暗的斗争、文明与野蛮的斗争、中国人祖先与蛮夷的斗争。

年纪渐长，才知道书上讲的黄帝事迹，大概不是确凿的历史，而是上古传说，是英雄神话的历史化。而众凶之首的蚩尤，情况更为复杂，恐怕并不是坏蛋，并不是邪恶的代表。

《山海经·大荒北经》先说："应龙已杀蚩尤，又杀夸父。"后说："蚩尤作兵伐黄帝，黄帝乃令应龙攻之冀州之野。应龙畜水，蚩尤请风伯雨师，纵大风雨。黄帝乃下天女曰魃，雨止，遂杀蚩尤。"前一则传说，是有翼的龙先杀蚩尤，后杀夸父；后一则是应龙本事不够，用水攻无法制服蚩尤，黄帝只好再请出天女旱魃，让旱灾肆虐，才杀了蚩尤。

这就引出了一大堆疑问：夸父不是中国的普罗米修斯吗？为了逐日而死，身躯化成了大地桃林，不是造福人群的吗？黄帝派应龙杀他，是怎么回事？难道他不是逐日而死的？黄帝大战蚩尤，先是制造水灾（应龙），后再制造旱灾（魃），不是全无民间疾苦之念，为了战胜蚩尤，不惜陷百姓于水深火热之中吗？

《山海经》记应龙杀了蚩尤与夸父之后，“不得复上”；记女魃杀蚩尤之后，“魃不得复上”。此中透露了一个重要信息，就是黄帝为了消灭蚩尤，不惜从天庭请来水灾与旱灾助阵，结果就像爆发了核战争，造成了永远的核灾难。是把敌人消灭了，杀了蚩尤与夸父，可也造成了人间的水旱不断。那么，黄帝的仁义何在？

蚩尤血与蚩尤戏

黄帝大战蚩尤，在民间流传的故事很多，年代又久远，衍生了许多不同的传说。其中之一是黄帝杀蚩尤之处，即是今天的山西解州，其地有盐池，呈现红赭色，即是蚩尤血染的结果。宋代王禹偁的诗《盐池十八韵》：“涿鹿城虽近，蚩尤血若何？”自注：“世相传皆云：盐池是蚩尤血。”

宋代富有科学头脑的沈括，对此不太认可，在《梦溪笔谈》中有所辩证：“解州盐泽，方百二十里。久雨，四山之水悉注其中，未尝溢；大旱，未尝涸。卤色正赤，在阪泉之下，俚俗谓之‘蚩尤血’。”

这个山西解县，也是关羽的家乡。因此，当关云长逐渐神格化，变成老百姓膜拜的关帝之后，他的青龙偃月刀也在家乡人展神威，居然取代了黄帝的角色，杀了蚩尤，血染盐池。直到今天，地方上迎神赛会，演戏的保留剧目就有《关公战蚩尤》。

这个《关公战蚩尤》的演出，是非常正经的地戏傩戏传统，类似香港神功戏的作用，为地方上祈福祓祟，与土财主看《关公战秦琼》的笑话是完全不同的。

蚩尤的长相也有不同说法，其中之一是南朝任昉《述异记》所载：“冀州有蚩尤神，人身牛蹄，四目六手。”是个半人半牛怪，和希腊神话里的 Minotaur 有那么几分相似。《述异记》还说：“秦汉间说，蚩尤氏耳鬓如剑戟，头有角，与轩辕斗，以角抵人，人不能向。今冀州有乐名《蚩尤戏》，其民两两三三，头戴牛角而相抵。汉造角抵戏，盖其遗制也。太原村落间，祭蚩尤神，不用牛头。”

古代流行的蚩尤戏，还没有关公这个角色，却是戴着牛角，玩相扑摔跤的游戏。祭祀不用牛头，是对牛的崇敬，不敢用来作牺牲，因为蚩尤就是个牛神。所以，在黄帝战蚩尤到关公战蚩尤之间，还流传过一种类似斗牛角抵的蚩尤戏，真有趣。

蚩尤的传说

读《山海经》，对黄帝的仁义产生了一些疑问，大概会引起有些同胞的质询：怎么可以对我们的祖先不敬呢？很抱歉，并非故意不敬，是古书记载的材料如此。好在《山海经》是汗漫不经之言，是神话传说，姑妄言之，姑妄听之吧。

关于黄帝大战蚩尤的故事，《太平御览》卷七十八引《龙鱼河图》说：“黄帝摄政前，有蚩尤兄弟八十一人，并兽身人语，铜头铁额，食沙石子，造立兵杖、刀、戟、大弩，威振天下，诛杀无道，不仁不慈。万民欲令黄帝行天子事，黄帝仁义，不能禁止蚩尤，遂不敌，乃仰天而叹。天遣玄女下，授黄帝兵信神符，制伏蚩尤，以制八方。蚩尤没后，天下复扰乱不宁，黄帝遂画蚩尤形象，以威天下。天下咸谓蚩尤不死，八方万邦皆为殄服。”

这段记述透露的消息更是有趣，可以列成几个重点：

（一）蚩尤有一帮铜头铁额的小兄弟，又造了兵器，掌握军事力量，统治天下，实行暴政。

（二）老百姓要黄帝夺权，黄帝就“造反有理，革命无罪”，替天行道了。

（三）黄帝的仁义之师打不过蚩尤的军事武装部队，幸赖上天之助，派玄女带来了秘密武器（具有核武器威力的应龙与旱魃？），打败了蚩尤，统一天下。

（四）蚩尤死后，天下大乱。黄帝再假托蚩尤形象治天下，老百姓以为蚩尤还是天子，万邦顺服，天下大定。

这条材料中的黄帝是造反者，使用了神秘的“兵信神符”，夺取了政权，可是威信不够，还得打出蚩尤的招牌来统治天下。多读几遍，好像蚩尤倒是仁义之君，黄帝才是发动武装政变的军事强人，政变成功后还得假借蚩尤之名来治国。

到底是谁“诛杀无道，不仁不慈”呢？

《史记》中的蚩尤

有学生问我，野史中的蚩尤资料十分有趣，正史里究竟是怎么讲的?

要说正史，先看看《史记》。《史记》卷一“五帝本纪”一开头，就说黄帝大战蚩尤的事:

> 轩辕之时，神农氏世衰。诸侯相侵伐，暴虐百姓，而神农氏弗能征。于是轩辕乃习用干戈，以征不享，诸侯咸来宾从。而蚩尤最为暴，莫能伐。炎帝欲侵陵诸侯，诸侯咸归轩辕。轩辕乃修德振兵，治五气，蓺五种，抚万民，度四方，教熊罴貔貅貙虎，以与炎帝战于阪泉之野。三战，然后得其志。蚩尤作乱，不用帝命。于是黄帝乃征师诸侯，与蚩尤战于涿鹿之野，遂禽杀蚩尤。而诸侯咸尊轩辕为天子，代神农氏，是为黄帝。

这一段义字，讲的是黄帝如何取代了神农氏，成为天下共主的经过。用后代小说家的语言，就是黄帝的“发迹变泰史”。

首先，是天下共主神农氏衰落了，没有能力统治万邦，天下扰乱，百姓不能安居乐业。于是，还没成为黄帝的轩辕就整军经武，讨伐不听话的诸侯，取得了霸主的地位。此时，蚩尤的武力强大，轩辕还无法取胜他。

然后，炎帝想要压服诸侯，诸侯都站在轩辕这一边，就有了阪泉大战，打了三仗，而且是利用了“熊罴貔貅貙虎”，轩辕才打败了炎帝。按照《史记集解》中皇甫谧的说法，“《易》称庖牺氏没，神农氏作，是为炎帝”，则黄帝在成为黄帝之前，原来是和天下共主神农氏打了大仗，造反成功，夺取帝位的。

再来，才与蚩尤大战于涿鹿之野，擒杀蚩尤。

奇怪的是，正史既然说了一大通黄帝大战炎帝，为什么一般人印象中，只有黄帝大战蚩尤，而没有黄帝大战炎帝呢？是否因为我们以为蚩尤是暴虐的坏蛋，所以黄帝擒杀蚩尤，是正义之举，而我们是“炎黄子孙”，想到炎帝与黄帝大战，兄弟阋墙，心里不舒服，所以，有意忘记了？

蚩尤是战神

顾颉刚曾经写过一篇文章，引《管子》的资料，“昔者黄帝得蚩尤而明于天道”，说明黄帝是得了蚩尤的帮助，才“明于天道”，知道如何统治天下的。那么，蚩尤所明白的“天道”究竟是什么？

根据《管子》的资料，蚩尤懂得如何熔铸金属，制造武器，生产戈矛剑戟。黄帝统一天下，靠的就是蚩尤提供武器，平定四方。这个说法，与正史所记黄帝大战蚩尤，最后擒杀蚩尤，当然是南辕北辙。但，仔细想想，把不同的说法都当作流行在民间的传说，口耳相传而出现歧异，那么，有两点要素，则是万变不离其宗：

（一）蚩尤会制作武器。

（二）蚩尤与战争有关。也许是帮着黄帝打别人，也许是黄帝征伐的对象；也许是黄帝的助手，也许是黄帝的敌人。

《史记》卷八“高祖本纪”说到刘邦起义时，“祠黄帝，祭蚩尤于沛庭，而衅鼓旗，帜皆赤”。《史记集解》引应劭说：“《左传》曰，黄帝战于阪泉，以定天下。蚩尤好五兵，故祠祭之，求福祥也。”黄帝战于阪泉，打的是神农氏炎帝，打的不是蚩尤。那么，蚩尤在这场战争中扮演的是什么角色呢？看来就是帮助黄帝打败炎帝的军政部长或总司令。因此，刘邦带着一群兄弟造反，才会在祠祭黄帝的同时，祭蚩尤这位战神。否则，同时祭黄帝与蚩尤，难道是祈求两位神灵打得你死我活？那样对刘邦揭竿起义，推翻秦室，有什么帮助？

此外，《史记》卷二十八“封禅书”讲到秦始皇东游，齐地有八神，“三曰兵主，祠蚩尤”，明显是以蚩尤为战神。《史记》卷二十七“天官书”说：“蚩尤之旗，类彗而后曲，象旗。见则王者征伐四方。”是以蚩尤之名，来指刀兵四起的彗星，就像西方神话以火星为战神的道理一样。司马迁还告诉我们具体的实例，说元光、元狩年间，“蚩尤之旗再见，长则半天”，其后就是不断的战争征伐。

所以，蚩尤就是战争。所以，蚩尤不好。

郭店竹简

1993 年冬天，在湖北荆门市郭店一号楚墓，出土了一批竹简。据专家考证，墓葬的时代是在公元前 340 年至前 320 年。这批竹简的内容，大体上是儒、道两家著作，引起了学界高度的关注。

为什么大家重视呢？因为墓葬的时间很早，大约与孟子、庄子活动的时代交叠，比屈原与荀子要早。所以，墓葬中埋藏的典籍，应当比孟子与庄子的时代还要早，或者至少也是同时的。这对于先秦典籍的认识与研究，有了明确的时代证据，对于儒、道思想的传承脉络，也有了清楚的了解。

且举郭店竹简的《缁衣》篇为例。《缁衣》见于《礼记》一书，今存的《礼记》是汉代学者整理的，经过了秦始皇的焚书之劫，是劫后余存。后世学者总是怀疑，《礼记》的编定在汉代。因此，很难确定这批材料究竟是原封未动的先秦典籍，还是汉代学者伪托的古书，或是就一鳞半爪的旧材料增饰成书的"假古董"。郭店《缁衣》与《礼记》中《缁衣》一致，就使我们反省：原来古代学者不像我们以为的，个个都造假；原来是我们自己"以小人之心，度君子之腹"，把汉代学者都视为作伪专家；原来《礼记》中的《缁衣》，还真是战国时期的作品，比孟子还早，极可能就是子思的著作。

那么子思又是谁呢？相传子思是曾子的弟子，就是孔子的再传弟子。后世学者所谓的"思孟学派"，指的就是子思、孟子一脉的儒家思想，也就是逐渐成为中国思想主流的"孔孟思想"。子思的重要性，是联系孔、孟的关键人物，是孔孟思想传承的核心中转。过去的学者虽然知道子思重要，但因《子思子》一书不传，没有读过他的著作，所以，说不出个名堂。现在有了郭店竹简为证，可知《缁衣》确为战国中期作品，极可能是子思著作，至少也是那个时代的儒家作品，让我们相对清楚了先秦儒家的脉络。

《左传》文章

最早读《左传》文章，读的是《郑伯克段于鄢》，因为那是《古文观止》的开篇第一章。中学时候，对古文发生了兴趣，拿到一本《古文观止》，从头读起，读的就是《左传》文章。

第一个感觉是，文字艰深，不好读，连这篇题目都不好懂。怎么句读？郑伯克、段于鄢，两个人的名字？郑伯、克、段于鄢？郑伯、克、段、于鄢？有人名、有动词、有地名？郑伯是谁？段是谁？鄢是什么地方？硬着头皮，看着注解，读下去，故事出来了：郑伯是郑庄公，克是克服，段是共叔段，就是郑庄公的同母弟、亲弟弟，鄢是今天河南鄢陵北边的鄢地。原来是一篇哥哥在河南打弟弟的故事。

《左传》文章叙事清楚，条理分明，而且时有历史事实作为验证的警句，当然是好文章。但我却永远忘不了初读的经验，太难了，字字都是拦路虎，每个人名都是只大老虎，每个地名更是吊睛白额的大虫。不查注解就不懂，读得满头大汗，佶屈聱牙，不堪卒读，只好鼓励自己："不入虎穴，焉得虎子。"于是，明知山有虎，偏向虎山行，总算读出个故事来。不过，时常还是想，读书该有点乐趣，何必总是和大老虎搏斗呢？看看《水浒》吧，容易多了，看景阳冈武松打虎，轻轻易易地，不必自己费劲。

随着年事增长，居然一遍又一遍读到《郑伯克段于鄢》，连读《史记》也看到司马迁引据的是《左传》原文。拦路的老虎都打死了，故事变得津津有味，而且充满了道德的寓意，讲的是如此真切的人情世故。

郑庄公的母亲偏爱小儿子共叔段，不喜欢庄公，本想立小儿子为国君，没成功，便为共叔段安排了很大的封地。有人警告会有后患，庄公心中有数，说“多行不义必自毙”。后来共叔段造反，母亲参与阴谋，庄公反击，在鄢地打败共叔段，并发誓，不到黄泉不见母亲。可是，自己的母亲毕竟是母亲，便有人出了主意，掘地见泉，在隧道中见了母亲，“大隧之中，其乐也融融”。

《左传》文章，不是写得很亲切吗？

晋灵公不君

《左传》文字亲切，故事说得跌宕有致，因为呈现了人物的个性，以极其简约凝聚的笔触，通过人物的言行与具体的经历，让我们看到活灵活现的历史。

《左传》宣公二年（公元前 607 年）说“晋灵公不君”，举了三个例子，非常生动。第一个是“厚敛以雕墙”，加重赋供，压榨油水，拿来绘饰宫墙，让宫室美轮美奂。接下来的两例，就更精彩了：“从台上弹人，而观其辟丸也；宰夫胹熊蹯不熟，杀之，置诸畚，使妇人载以过朝。”这个国君实在不像个国君，居然筑了个台，拿弹弓打人，看人们躲避弹丸的惊恐之状，作为游乐之法。《公羊传》与《谷梁传》说弹丸打的是朝臣诸大夫，也就是打自己的亲戚部属，那当然就更不像话了。

第三个例子，反映了晋灵公不但荒唐，而且残忍，漠视别人的身家性命。厨子炖熊掌没有煮烂，居然就把厨子杀了，放在畚箕里，叫仆妇顶在头上，走过朝廷，弃之宫外。难怪让大臣看了，心惊胆战，觉得他“君不君”，非出事不可。

晋国的两个大臣赵盾与士会，看国君如此乱来，只好商量进谏，劝灵公有个“君”的样子。灵公原先不想理会，后来怕纠缠，就说：“吾知所过矣，将改之。”士会信以为真，高兴得很，说：“人谁无过，过而能改，善莫大焉。”

谁想得到，灵公只是敷衍大臣，根本就没改，照旧胡来。赵盾只好再次进谏，把灵公搞烦了，就派了刺客鉏麑去暗杀赵盾。这天一大清早，鉏麑到了赵盾的住所，看到卧室的门已经打开，赵盾已经穿得整整齐齐，准备上朝。因为时间还早，正坐在那里假寐。刺客看到这情形，感到自己要刺杀的人是为国为民办事的好人，便退出来，叹道：“不忘恭敬，民之主也。贼民之主，不忠；弃君之命，不信。有一于此，不如死也。”于是，撞庭中的大槐树而死。鉏麑触槐而死，是对灵公的谴责。今天读来，却让人想到，春秋时的刺客深明大义，人格是如此高尚。

翳桑的饿人

春秋时的晋灵公胡作非为，大臣进谏，不但不听，还派刺客去杀正卿（春秋时列国执政首领）赵盾。刺客认为赵盾是贤臣，不忍刺杀，自己触槐而死。晋灵公并未因此反省，反而又设了毒计，请赵盾喝酒，暗中埋伏了甲兵，想要扑杀赵盾。

赵盾死里逃生，主要是靠了两个人。一个是他的右卫提弥明，发现情况不对，匆忙跑进堂上，说："大臣陪君王喝酒，最多不过三杯，过了三杯就失礼了。"以此借口，扶着赵盾下堂，夺路逃生。晋灵公嗾使獒犬扑上，提弥明挡在前面，与之搏斗。埋伏的甲士拥上前来，一场厮杀，提弥明护主而死。赵盾幸而逃生，还因为卫士之中有一人倒戈相助，保护赵盾杀出重围。

这个倒戈保护赵盾的卫士是谁呢？大难不死，赵盾却是糊涂了。不认识这位义士，不知道为何相救，"问何故"，义士回答，"翳桑之饿人也"。冉问高姓大名，尊居何处，义士"不告而别"，走了。

原来赵盾有一次到首阳山打猎，在翳桑（杜预注，说"翳桑"是树阴浓密的桑树；杨伯峻说，翳桑是首阳山中地名。）见到一个人饿得厉害。问他是不是病了，回答说已经有三天没吃饭了。赵盾给他食物，却只吃了一半，留起一半。问他为什么，说出外服侍别人已经三年，不知母亲是否还在，现在离家已近，想带点食物回家，孝敬母亲。赵盾就叫他把食物吃完，另外馈送了一筐饭与肉，让他带回家。这个人后来参加了晋灵公的卫队，被派在埋伏的甲士之中，却反戈一击，保护了赵盾。

翳桑的饿人有恩报恩，反映的是赵盾为人仁慈，泽被于民，与弹丸击人为乐的晋灵公大不相同。这段故事虽然是历史性的叙述，但道德寓意相当强：得道多助，失道寡助。晋灵公倒行逆施，失了民心，败亡只是早晚的事；赵盾则是贤良的大臣，在危难之时，总有人挺身而出，甚至不惜牺牲生命来保全他。

有学者指出，这样的历史叙述，道德寓意太强，有违客观陈述的标准。也许是。不过，这事件的内容总不是假的吧?

赵盾弑其君

从小读文天祥的《正气歌》，知道天地有正气，有历史上展示浩然正气的榜样，其中之一就是“在晋董狐笔”。

董狐是晋国的太史，尽忠职守，秉笔直书，不畏权势。当时的国君是晋灵公，荒诞无道，逼得正卿赵盾逃亡。赵盾的兄弟赵穿把灵公杀了，赵盾正在逃亡途中，尚未逃出国境，闻讯折返，主持朝政。董狐作为史官，就记了一笔“赵盾弑其君”，展示于朝廷。赵盾说，写得不对，我没有弑君。董狐说，你是正卿，逃亡不出境，回来又不讨贼，不是你，是谁?

赵盾不禁感叹：“呜呼!《诗》曰：‘我之怀矣，自诒伊戚。’其我之谓矣。”就是大叹一声，引了《诗经》的一句话，意思是说因为我多所怀恋，给自己惹上这种遗憾。

孔子对这段故实有过评论：“董狐，古之良史也，书法不隐。赵宣子（赵盾），古之良大夫也，为法受恶。惜也，越竟（境）乃免。”孔子当然是称赞了董狐，表扬他大义凛然的史笔。不过，称赞的方式很特别，“书法不隐”，直书善恶黑白，虽然正气浩然，却不是孔子遵循的春秋曲笔与隐笔。孔子还说赵盾是“良大夫”，是受了董狐直笔书法的“恶”。就是说，本来是好人的，只是拿这种直笔史法一衡量，糟了，就“恶”了。真是可惜，假如他走远一点，逃亡出了国境，就“于法无据”，就不是恶人了。

孔子的评论很有趣，一方面说董狐了不起，大笔如椽，捍卫了君臣关系的道德标准，另一方面却暗示，赵盾是个好人，其实不该蒙受弑君恶名的，要是他能逃出国境再回来，就可以名正言顺统筹国家大事了。孔子是否在玩弄道德字眼，要人做伪君子呢？赵盾到底是不是该在历史上留下“弑君”的恶名，遗臭万年呢？

其实，孔子的意思很明白，不该再深文周纳。董狐笔是了不起，要称赞；赵盾却是好人，不会遗臭万年，只可惜没出境，授人以柄。赵盾柄政，并未篡位，他迎接了晋襄公的弟弟黑屁股公子(公子黑臀)回来当国君。

蛇年谈蛇

一转眼，龙年已过，蛇年到了。有朋友问，蛇年好不好，吉利不吉利？蛇好像有点那个，嗯，不似善类，说来就心怵，让人倒抽一口凉气。想到蛇，脊梁骨不禁森森然，心里浮现一连串不愉快的感官印象：冷冰冰，滑溜溜，阴险，狠毒。联想到的词语都是负面的：心如蛇蝎、杯弓蛇影、牛鬼蛇神。广东话骂人是懒虫叫“蛇王”，偷渡客是“人蛇”，都带着贬义。进入蛇年，是不是进了一段阴森危险、充满厄运的年岁呢？

为免读者害怕，不敢读下去，先说结论。莫怕莫怕，当然不是厄运。在生肖纪年的传统中，蛇年是个好年，大吉大利。

中国以干支纪年记日，至少可以上溯到商代；以十二生肖配干支，因考古简牍日书的发现，也可以推到战国时期。所有的生肖，本来都没有贬义，倒是反映了古人与自然界其他动物的密切关系。十二生肖，只有龙不是自然存在的物种，是神话想象的产物，却与蛇有不可分离的关联。

原始时期人在自然中斗争生存，面临的各类动物，恐怕最神秘莫测而又时常碰面的就是蛇了：也许在草丛中，也许在树梢头，也许在洞窟里，也许在墙角边。人类在驯服动物的经验中，最难掌控的也是蛇，因此，《山海经》中记载那些大巫手里抓着蛇，耳朵上挂着蛇，不但显示法术超群，也表现了掌握天地秘密的本领。古埃及和古希腊文明早期都有蛇崇拜，也反映了同类的现象。

一般而言，蛇是“小龙”，是没有完全超越升华的“半龙”，自然属性与神话想象属性尚未分离。龙在现实世界不存在，其神秘感与权威性可以绝对化，可以转化为天及天子的象征；蛇的情况类似，神格稍次一等，但还是有神性，起码能像白蛇一样，介于“妖”与“仙”之间。

所以，进入蛇年，可以成仙，也可以成妖，全看你的修行了。

闵子骞

小时候读二十四孝故事，总觉得有些故事实在荒谬，不合情理。如老莱子彩衣娱亲，自己已经“人生七十古来稀”了，还穿得花花绿绿，手里摇着拨浪鼓，躺在地上撒娇，以娱双亲。如郭巨为了保证双亲的口粮不断，把亲生孩子活埋了，以节省粮食。甚至如王祥卧冰，鲤鱼就有了破冰船的能耐，从冰封的水里跃出来。当时年纪小，还不懂得批判，只在心里暗道：胡说八道。

不过，对闵子骞穿芦花袄的故事，却一直有所感动。

闵子骞生母早死，后母生了两个弟弟，对他十分嫌弃。冬天制棉衣，弟弟穿的是棉絮，却给他穿不能耐寒的芦花。他为父亲拖车，因天寒手僵，车缰坠地，翻了车，摔了父亲。父亲见他棉衣穿得最厚，以为他故意怠惰偷懒，就用鞭子抽他。没想到鞭子打破了衣服，露出了芦花，这才知道后母虐待的情事。父亲发脾气，要把后母休掉，闵子骞却跪地求饶，为后母说话：“母在一子寒，母去三子单。”就是说，后母虐待我一个不要紧，把后母休了，另外两个孩子也会丧失了母爱。

闵子骞的孝行，不如老莱子、郭巨与王祥那么“壮观”，好像只是为后母求情而已。但是，这里透露的人情关系，的确令人深深感动。闵子骞心里想的都是别人，是两个弟弟，是后母，而不是自己。自己吃点苦不要紧，只要别人过得和和乐乐，世界也就有一些美好与幸福。

儒家讲忠恕之道，“恕”就是为别人着想，闵子骞可以作为典型。这里没有轰轰烈烈的壮举，只有同情与体谅。推而广之，也可以拓充成范仲淹所说的“先天下之忧而忧，后天下之乐而乐”，有圣贤豪杰的气概。再推而广之，还可以变成“牺牲小我，完成大我”的伟大胸怀，甚至变成雷锋精神。

子游的地位

孔子三千弟子，其中有七十二贤人，也就是说，有七十二个杰出的传人。战国末期的韩非子说，“儒分为八”，是说孔子之后的二百五十年间，儒家学说已经分成八派。到底是哪八派，传承的脉络究竟如何，后世学者已经说不清了。大家比较清楚的是，孔子之后，儒家学说有孟子一派，还有荀子一派。至于其间的承递关系，谁影响了谁，如何由孔子的弟子，哪一个弟子，传给了第三代、第四代、第五代……的哪一位，如何造就了孟子与荀子这两大儒学思想家，由于资料的缺欠，难以理出个头绪来。

自汉代以来，两千年的儒学传统，有不少推测与辩论，然而，文献不足，很多情况是说不清的。近年来战国期间简牍文献发现渐多，特别是楚国地区的发现，如郭店竹简及上海博物馆收购的简片，使学者能够确定一些传世典籍的年代，也能由新出土的材料对应文献记载，厘清一些过去讲不清的情况。

譬如说子游。《论语·先进》分类举了十个弟子，说：“文学：子游，子夏。”是说孔子的弟子中，子游、子夏两人的学问好，对文学典籍有深刻的理解，超乎群伦。可是，子游到底写了些什么？过去的文献材料说不清楚。《礼记·礼运》篇，记孔子的“大同”“小康”之说，是子游记的。但是《礼记》一书，一直受到学者质疑，甚至怀疑其中材料是汉儒增饰的，如何可以当作子游的著作？

郭店竹简的出土，使我们首先想到，《礼记》的材料或许都有所本，或许都在相当程度上反映了春秋战国文献的真实情况。 因此，“礼运”篇有可能是子游的亲笔记述。 那么，子游的重要性就不言而喻了，因为儒家的大同学说是子游写下来而公之于世的。

霸王道杂之

古代史教科书，讲到秦汉更替，涉及思想制度变化时，一般都笼统而言：秦代用法家治术，汉初遵循黄老，无为而治，到了汉武帝时“罢黜百家，独尊儒术”，从此，儒家学说成了中国政治文化的基本意识形态。

笼统而言，这说法并不错，但太粗疏。以至有学生问我，法家的学说是否遭到摒弃，在中国政治文化中消失了？儒家学说又是如何建立起新的统治结构与机制的呢？

学生很聪明，问到了传统士大夫一向回避的历史空白。既然是罢黜百家了，既然是独尊儒术了，当然是一切按着儒家的方法来办。那么，具体怎么办呢？政府怎么运作呢？制度如何执行呢？法令如何实施呢？儒家告诉我们，“大道之行也，天下为公，选贤与能，讲信修睦。故人不独亲其亲，不独子其子，使老有所终，壮有所用，幼有所长……”道理讲得很好，可是怎么做？汉武帝是打算这么做的吗？当然不是。

那么，汉代的皇室及最高统治阶层是怎么“独尊儒术”的呢？

《汉书·元帝纪》有一段宣帝（汉武帝的曾孙子）训示太子（后来成了元帝）的话，最有启发性。因为是教训儿子，要他别“独尊儒术”尊昏了头，苦口婆心，所以把老底都掏出来了：“汉家自有制度，本以霸王道杂之，奈何纯任德教，用周政乎！且俗儒不达时宜，好是古非今，使人眩于名实，不知所守，何足委任！”对儿子头脑发胀，真的要“独尊儒术”，十分头痛，甚至感叹：“乱我家者，太子也。”

汉宣帝的态度非常清楚，汉朝的治术基本上是“霸王道杂之”，也就是法家治术与儒家意识形态掺杂着用，绝不可以发昏，只讲儒家的理想与道理。不只是汉武帝以来“霸王道杂之”，连汉初标榜无为而治的时候，也是法家为里，黄老为表的。法家治术从来没有抛弃过，秦代建立起的基本政治结构与行政机制大体是保留下来了。

也就是说，法家治术在中国传统政治结构中，从来没消失。只是有人糊涂，没看见它深藏不露。

汉宣帝刘询

汉宣帝是汉武帝的曾孙，刘询是其后来改的名字，原名叫病已。这名字怪得很，据颜师古的《汉书注》，“盖以夙遭屯难而多病苦，故名病已，欲其速差也。后以为鄙，更改讳询”，意思是说，他遭遇艰难困苦，又疾病缠身，因此取名病已（病愈），希望病赶快好了。后来又觉得“病已”这名字不好听，改名叫刘询。“差”就是病愈，《方言》说：“差，愈也。南楚病愈者谓之差。”

一个入继大统，成为天子的人，怎么会“夙遭屯难而多病苦”呢？这是因为汉武帝晚年闹了一场巫蛊之祸，把宫里弄得乌烟瘴气，甚至酿出了太子造反，皇室自相残杀，最后死了数万人，太子也兵败自杀，连带害死了全家，只剩下一个才降生几个月的太子孙，就是病已，后来的汉宣帝刘询。

刘病已虽是龙种，却从小寄人篱下，过着比较困苦的日子，同时深知下层民间的生活。《汉书》说他“高材好学，然亦喜游侠，斗鸡走马，具知闾里奸邪，吏治得失”。这种熟知民间疾苦的经历，使他成为一个精明的皇帝。

刘病已能够从流落民间的皇裔，成为真龙天子，多少靠的是运气，也可以说是老天爷有眼，冥冥中自有定数。汉武帝的太子死后，其他儿子都不争气，临终之时决定以小儿子弗陵继承皇位，以霍光为大司马、大将军，金日磾为车骑将军，太仆上官桀为左将军，共同辅政。弗陵登位时，年仅八岁，是为昭帝，在位十二年，朝政由霍光总揽。昭帝死，无后，霍光立了武帝的孙子昌邑王刘贺，却发现这个新皇帝“荒淫迷惑，失帝王礼谊，乱汉制度”，因此，废了新皇帝，挑了流落民间的刘病已入继大统。

宣帝登基时，已经十八岁了，霍光表示要“归政”。但是刘病已很聪明，要威权盖世的霍光继续柄政。其实，他心里很不舒服，《汉书·霍光传》就说，“上内严惮之，若有芒刺在背”。让皇帝感到芒刺在背，当然不会有好结果。霍光死后，霍家出了纰漏，终至霍氏宗族全被诛灭。刘病已很会做皇帝，史称“孝宣中兴”。

魏晋南北朝

我们学中国历史，都知道东汉之后，到隋朝统一之前，有近四百年天下分崩离析的时期，一般称作“魏晋南北朝”。在大学里选读断代史，有“魏晋南北朝史”一门课；上文学史，有“魏晋南北朝文学”。以“魏晋南北朝”作为一个特定时代的名称，好像没有问题，人人都认为是理所当然的。

然而不然。

研究魏晋南北朝的史学大师何兹全先生，就认为这个名称不妥。他近年主编《中国通史》第五卷，就坚持改用“三国两晋南北朝时期”，以正视听。他的理由是：魏是三国之一，是三国中比较重要的，但它不能完全代表三国。魏必须加上蜀和吴，称三国。晋，有西晋和东晋，混称为晋是可以的，但称作两晋，就更清楚些。

何先生讲得很有道理，的确厘清了“混称”的含糊，说魏“不能完全代表”三国。那么，魏有没有一定的代表性呢？

依照何先生的理路，则“宋辽金元”这样的“混称”，应当改称“两宋辽西夏金元时期”，才更清楚些。很明显的，无论是宋还是辽、金、元，都代表不了西夏。同理类推，说得再夸张一点，是否“汉代”该称作“两汉（包括新）时期”，“唐代”该称“唐（包括武周）时期”？

其实，“混称”有混称的道理，只要是约定俗成，不产生混淆，则“混称”有简约的效果，以简明的语词代表复杂的现象。语言文字作为“意指”（signifier），与指涉对象（signified）的关系，不是永远面临这种表意繁简的困境吗？

假如“魏晋南北朝”五个字不至于产生混淆，为什么要改成七个字呢？ 何先生讲三国鼎立，不是开宗明义，就说“魏、蜀、吴三国的鼎立，是以曹魏的盛衰为发展主线的”吗？ 不也就是说，魏在三国有代表性吗？

没有竹林的七贤

魏晋时代，有一批喜好清谈的名士，时常聚会欢饮，世称“竹林七贤”。据说，他们欢宴之处是片竹林，风景优美，正好让这批不拘俗务的雅士，在微风轻拂修篁之际，发抒内心超越的志趣。因此，竹林七贤在世人的心目中，是高雅超脱的代表，而竹林的幽静深远更衬托出这批人的意趣。

唐宋人的诗中，经常出现“竹林”这个典故，如骆宾王的“时有桃源客，来访竹林人”，苏东坡的“诗酒暮年犹足用，竹林高会许时攀”，都是吟咏竹林七贤的名士高风。到了今天，我们一想到嵇康、阮籍这一批魏晋名士，马上就联想到竹林。甚至经过一片茂密的竹林，感到心旷神怡，就会联想到魏晋风范，好像那回归自然的心理也有了历史文化的传承。

然而，嵇康、阮籍等七位魏晋名士，真的在竹林聚会，培养性情吗?

史学大师陈寅恪告诉我们，没这事，都是后人附会，编出来的故事。他指出，《世说新语》中的记载，王戎与嵇康、阮籍饮于黄公酒垆，共作竹林之游，都是东晋好事者捏造出来的。“竹林”既不是地名，也不是有那么个修篁茂密的所在，而是从印度传来的佛典中借用的名称。典故来自迦兰陀竹林，是释迦牟尼在王舍城说法的地方，世称“竹林精舍”。

有趣的是，南京附近的南朝大墓中，发现了一批以七贤为主题的砖画。其中最有名的《竹林七贤与荣启期》，展现了七贤的潇洒风神。不过，人物布景有槐有柳，有银杏，似乎还有桑榆，就是没有竹林。

这么说来，中国人从东晋以来就以讹传讹，把从未在竹林聚会的七贤，硬拖到竹林里去餐风饮露了？

“解构”竹林七贤

陈寅恪说，“竹林七贤”是个讹称，其实根本没有竹林这么个地方。稽康等人称作“七贤”，反映了魏晋时期标榜之风，沿袭的是东汉月旦人物的传统，把俊杰之士称作“三君”“八俊”之类。“竹林”则是东晋以后编出来的传说，借用了梵典的故事，没有历史实据。余嘉锡也说，“竹林”之说于史无据，然而，《世说新语》与《晋书》却都记载了七贤有“竹林之游”，则是因为故事精彩有趣，虽与史实不符，仍然编进书中，难以割爱。

用当今流行的文化批判术语，则是“竹林七贤”应当“解构”，可以正名为“与竹林无关的七贤”。再用流行的后现代话语，则“解构”还带有“颠覆”“推翻”“消灭”的意思。那么，“竹林七贤”的“竹林”，已经被“解构掉了”，只剩下“七贤”之称。再要解构下去，“七贤”的“贤”字也岌岌可危。“七”字大概不怕，一方面是因为数字是中性的，不怕解构专家的文化批判，另一方面则是因为解构专家一般不通数理化，连“数论”是什么都搞不清，不知如何解构起。

那就说说这解构不掉的“七”吧。“七”指七个人：嵇康、阮籍、刘伶、阮咸、向秀、山涛、王戎。前四个是不合作主义者，不愿向政权低头，最典型的就是嵇康，给套上“不仕不孝”的帽子，杀了；后两人是与当权派一路的，参与了对嵇康的迫害；向秀是动摇分子，看到嵇康被杀，吓得向权势投降，连连表态，说隐逸不对。七个人倒有三派，而且还是你死我活的，何来“七贤”？ 更恰确的称呼，应当是“四、二、一贤与不贤”。

读书不求甚解，有其乐趣。 一求甚解，尤其是想解构的话，则“竹林七贤”居然变成“与竹林无关的四、二、一贤与不贤”，真是烦人。

迷死人的故事

读古书，时常读到一些匪夷所思的异事，也不知是信好，还是不信的好。作者言之凿凿，并非姑妄乱说，千载之下，作为读者，也不好以“姑妄听之”的态度对待。于是，就起疑，总是吊在心里，想弄个明白，增加不少精神负担。

《世说新语·容止》记何晏（平叔）是美男子：“美姿仪，面至白；魏明帝疑其傅粉。正夏月，与热汤饼。既啖，大汗出，以朱衣自拭，色转皎然。”白面书生白到令人怀疑搽了粉，夏天给他一碗热汤面，吃得满脸大汗，擦干净了，证明脸的确是白。这还不怎么奇怪。

记卫玠（洗马），不但说他小时被誉为“璧人”，后来“从豫章至下都，人久闻其名，观者如堵墙。玠先有羸疾，体不堪劳，遂成病而死。时人谓看杀卫玠”。这是美男子上街，万人空巷，其风靡之景观，不下于现代的“披头士”或迈克尔·杰克逊。可惜，美男子不耐看，被人看死了。

《语林》记潘岳（安仁）：“安仁至美，每行，老妪以果掷之，满车。”这是潘郎掷果的典故，说美男子引得妇人把果子扔上车，以示爱慕。余嘉锡指出，《语林》所记明说是“老妪”，《晋书》才改成“妇人”，因此，潘郎掷果，原本是老年妇人爱怜小儿，是后人误会了。

这些传说中的美男子，可以发挥这么大的魔力，真是令人难以置信。还有一个更为匪夷所思的故事，见叶绍袁的《天寥年谱别记》，写他认识的王遂东先生，“修长玉立，李青莲仙骨，故非凡品”。王先生在西安府某邑任县令时，“年二十余，有何平叔、卫洗马之姿。县前左右街出入所必经也。一民家妇，少年美色，居楼上窥之，动情非朝夕矣。一日，正对镜，先生过，妇故以沐发水向舆泼之，官袍为湿。先生怒，停舆呼之，妇冉冉自楼下出，至前俯伏，谢云：不知。先生睹其丽质，怒已消，令之起，则妇已肠断为情死矣。千古一佳话也”。这样的佳话，能相信吗？

不过，想到今日的歌迷影迷见到偶像，有奋不顾身者，有精神崩溃者，以今例昔，也不敢说那不是“佳话”。

《水经注》

南北朝时期的北魏（后魏），出了两本地理学名著，一是郦道元的《水经注》，一是杨衒之的《洛阳伽蓝记》，都很好看。虽说是地理学专门著作，其中倒是有很多历史掌故，叙述景色的文笔也颇清新流畅，可以当文学作品来读。

我最早知道《水经注》，是在中学国文课本上读到的，选的是长江流经三峡的一段文字。读后印象深刻，过了四十年，重读《水经注》，这段文字历历如在心版，熟悉得如见故人。想来总是因为文章写得好，当时年纪小，心无旁骛，就记诵在心，到今天还有“温故知新”之乐。

既然乐了，独乐乐不如众乐乐，就把这一段抄录如下。讲的是巫峡：

> 自三峡七百里中，两岸连山，略无阙处。重岩叠嶂，隐天蔽日，自非停午夜分，不见曦月。至于夏水襄陵，沿溯阻绝，或王命宣急，有时朝发白帝，暮到江陵，其间千二百里，虽乘奔御风，不以疾也。春冬之时，则素湍绿潭，回清倒影。绝巘多生怪柏，悬泉瀑布，飞漱其间，清荣峻茂，良多趣味。每至晴初霜旦，林寒涧肃，常有高猿长啸，属引凄异，空谷传响，哀转久绝。故渔者歌曰：巴东三峡巫峡长，猿鸣三声泪沾裳。

“朝发白帝，暮到江陵”，到了李白的诗里，就成了“朝辞白帝彩云间，千里江陵一日还。两岸猿声啼不住，轻舟已过万重山。”（《早发白帝城》）或许原来是写实，但在文字想象的传统中流传日久，已经成为中国人对三峡的固定印象了。想到三峡，眼前就出现“两岸连山”之景，不到中午或夜半（停午夜分），根本看不到日月。舟行在三峡河段，比御风而行还快，而眼前却又美景不断，悬崖绝壁，古树飞瀑，更有猿啼凄清，空谷传响。是一种孤绝凄美之景，是造化奇谲变奏之相，是想象的极致在大自然的真实展现。

到了 21 世纪，中国人民要为人类做出更大的贡献，所以，“高峡出平湖”了，郦道元描绘的三峡也就消失了。还好有这段文字流传，让我们在想象中还能冥思往昔的奇观。

温泉可治病

《水经注》一书记载的资料很庞杂，除了一般地理知识，水道经行路线，山川景色，地方物产，还记些地方风俗与传闻，甚至还有医疗知识。卷三十一记滍水流经鲁山县一带，就有可以治病的温泉，是这么说的：

> 又东，温泉水注之。水出北山阜，七泉奇发，炎热特甚。阚骃曰：县有汤水，可以疗疾矣。汤侧又有寒泉焉，地势不殊，而炎凉异致，虽隆火盛日，肃若冰谷矣，浑流同溪，南注滍水。又东径胡木山，东流又会温泉口，水出北山阜，炎势奇毒。痾疾之徒，无能澡其冲漂。救养者咸去汤十许步别池，然后可入。汤侧有石铭云：皇女汤，可以疗万疾者也。故杜彦达云：状如沸汤，可以熟米，饮之，愈百病。道士清身沐浴，一日三饮，多少自在。四十日后，身中万病愈，三虫死。

温泉旁边还有冷泉，冷热相济，简直就像近年来流行的“三温暖”。

温泉可以治病，显然在魏晋南北朝时期已是普遍常识。温泉口的热水太烫，没有人敢“首当其冲”，便在旁边引水为池，可以泡浴。至于温泉水可以饮用，作为汤剂，近年也常听医学界说起。不过，“饮之，愈百病”，则令人怀疑。

道士所说的“万病愈，三虫死”，倒是很有趣的说法。柳宗元《骂尸虫文（并序）》说：“有道士言：‘人皆有尸虫三，处腹中，伺人隐微失误，辄籍记。日庚申，幸其人之昏睡，出谗于帝以求飨。……'"说得更清楚的是道教类书《云笈七签》，卷十二讲到"食气玄微"部分，说："一者上虫居脑宫，万端齐起摇子心，常思饮膳味无穷，想起心生若病容。二者中虫住明堂，遣子魂梦神飞扬，或香或美无定方，或进或退难守常，精神恍惚似猖狂，令子坐败食谷粮，子若知之道自昌。三者下尸居腹胃，令子淡泊常无味，静则心孤多感思，挠则心烦怒多起，使人邪乱失情理。子能守之三虫弃，得见五牙（行）九真气。"这三尸虫好像是神经衰弱的病源，喝温泉水四十天，可以消灭三尸虫，倒是颇具神通的药方。不过，都是道士说的。

三尸虫

《金瓶梅词话》七十五回，写到申二姐不肯唱曲给春梅听，春梅大怒，“三尸神暴跳，五脏气冲天，一点红从耳畔起，须臾紫遍了双腮，众人拦阻不住，一阵风走到上房里，指着申二姐，一顿大骂”。可知，三尸神暴跳，就是勃然大怒。可是，三尸神到底是什么?

唐代段成式的《酉阳杂俎》说：“三尸一日三朝：上尸青姑，伐人眼；中尸白姑，伐人五脏；下尸血姑，伐人胃。……又曰：一居人头中，令人思多欲，好车马，其色黑；一居人腹，令人好食饮，恚怒，其色青；一居人足，令人好色，喜杀。”看来这三尸神是专门捣乱，让人心神不宁的，难怪又叫三尸虫。不管是神还是虫，反正从来没人见过，但却藏在每个人体内，一不留神，就蠢蠢欲动。就像睡魔神又叫瞌睡虫一样，一旦袭上身来，人们便不由自主，任其摆布。瞌睡虫还好，只不过令人昏睡；三尸虫则花样颇多，会使人喜怒无常，使人贪财好货，耽酒好色，不一而足。

《云笈七签》引《洞神玄诀》：“上虫居上丹田，脑、心也……使人好嗜欲、痴滞，学道之人宜禁制之。假令不绝五谷，常行此心，一年之外，上尸自终。人不知行，空绝五谷。若不绝贪欲，焉得虫终灭也?”这是说，修道之人，脑里不要存有贪欲，否则光是修炼辟谷之术，还是没用，上尸虫一样会捣乱。

又说：“中虫……居中丹田，使人贪财好喜怒，浊乱真气，使三魂不居，七魄流闭。”制服中虫的方法是：“无喜无怒，中尸大惧。不贪不欲，和气常足。坐见元阳，万神来集。”至于下尸虫，“居下丹田，……使人爱衣服，耽酒好色。但学道之人心识内安，三尸自死，永无败矣”。

原来我们还有上、中、下三个丹田，都得清净无欲，淡泊无为，自内而外，无欲无想，则三尸虫才会死灭。这种道家说法，颇似佛家所谓的三毒——贪、嗔、痴，会毒害众生的出世善心，是根本烦恼之首。

像春梅这样的人，当然是三不善根俱备，三尸虫非常活跃，随时都要暴跳如雷的。或许喝上四十天的皇女汤温泉，可以治好。

伟大的玄奘

从小就知道玄奘是伟大的人物，名垂青史，万古流芳。然而，从来没有人教我们效法玄奘，从来没有人告诉我们可以从伟大的玄奘身上学到什么。课本上写的，老师在讲堂上教的，都是说玄奘到天竺取经，翻译了上千卷佛经，还在印度与佛学大德辩难，赢得一切论辩。好像玄奘之伟大，在于留学西方天竺，通晓外语梵文，取得多科博士学位，载誉归国，为国争光似的。

为什么不教我们效法玄奘？我猜可能是因为玄奘虽伟大，却是个和尚，总不能教人家的子弟出家做和尚吧？然而，课堂上总教学生效法黄花岗七十二烈士，效法林觉民与妻诀别，效法伯夷、叔齐饿死在首阳山，效法文天祥壮烈牺牲，难道就不怕家长指责，说教人家的子弟去死吗？为什么不让人效法献身宗教理想做了和尚的玄奘呢？

其实，玄奘有许多可贵的品格可以效法的，不一定非要学他当和尚。单单说他万里跋涉，不畏艰难险阻，穿越沙漠与冰川，到西天去取经的冒险精神，就值得今天的年轻人效法。他从印度取经归来，穿越塔克拉玛干沙漠，是这样描述路途之艰难的：

> 从此东行，入大流沙。沙则流漫，聚散随风，人行无迹，遂多迷路。四远茫茫，莫知所指，是以往来者聚遗骸以记之。乏水草，多热风。风起则人畜昏迷，因以成病。时闻歌啸，或闻号哭，视听之间，恍然不知所至，由此屡有丧亡，盖鬼魅之所致也。

像塔克拉玛干这样充满鬼魅的大流沙也敢闯，玄奘坚忍不拔的精神，难道不值得效法吗?

我小时临《圣教序》，其中描写玄奘冒险犯难：“乘危远迈，杖策孤征；积雪晨飞，途间失地。惊砂夕起，空外迷天。万里山川，拨烟霞而进影；百重寒暑，蹑霜雨而前踪。”颇为神往。仔细想想，玄奘精神最值得效法的，就是冒险犯难，百折不挠。

李白之死

时常有朋友问我，李白是怎么死的？那口气疑疑惑惑，好像这是千古之谜，即使有答案也不可信。我总是回答得直截了当：是病死的。听到答案，那反应也有趣：病死的吗？不是淹死的？那疑惑不减反增，好像我是验过尸的仵作，为涉及国家机密的谋杀案掩饰似的。我若说不是淹死，就有下文：不是在采石矶醉后捞月，跌进江里淹死的吗？我心想，你既然早知国家最高机密，何必再问？难道是以为还有更机密的阴谋：李白没死，捉月只是障眼法，其实是登陆月球找嫦娥（“对影成三人”，有诗为证）快活去了？

李白捉月溺死的传说，由来已久，而且浪漫异常，与李白的诗歌想象飞扬狂迈的脉络若合符节，富有戏剧性。说一代天才奄奄病逝，好像亏待了诗仙，也令人思之惘然，感到时间镰斧之无情，不分贤愚。让他醉后捞月，天才的一生就有了圆满的喜剧收场，为后世留下了浪漫的结局。

关于李白之死，李阳冰《草堂集序》、李华《故翰林学士李君墓志》、范传正《唐左拾遗翰林学士李公新墓碑》、《旧唐书》、《新唐书》，都说是病死的。史料俱在，本来是毫无疑义的，怎么会一直流传其捉月溺死呢？

白居易有首《李白墓》：“采石江边李白坟，绕田无限草连云。可怜荒陇穷泉骨，曾有惊天动地文。但是诗人多薄命，就中沦落不过君。”虽然没提捉月溺死，但“采石江边李白坟”就颇能引人遐想，让后世文人想得醺陶陶，想到李白一定是喝醉了在江边捉月，“沦落”到江里去了。

晚唐及宋代诗文已经大说“捉月溺死”，民间想必流传更甚。《唐摭言》佚文：“李白著宫锦袍，游采石江中，傲然自得，旁若无人，因醉入水中捉月而死。”《容斋随笔》：“世俗多言李太白在当涂采石，因醉泛舟于江，见月影俯而取之，遂溺死。故其地有捉月台。”

形容得历历在目，可以拍成电影。

昆仑奴

唐朝传奇中，有一篇昆仑奴的故事，说得活灵活现。昆仑奴不但武功卓绝，背负女子能飞檐走壁，还智勇双全，能够谋划定策。令人奇怪的是，昆仑奴既已具备侠心义胆，又有一身武艺绝技，为什么一直寄人篱下为奴呢？

当然，小说之为小说，传奇之为传奇，有虚构的情节，有超乎日常生活的想象部分，有常识难以解释的情况。但是，昆仑奴在唐朝会变成小说故事的角色，恐怕也是因为其出身有传奇性，是当时社会的异类，再添枝加叶，赋予一身武艺，就成了脍炙人口的传奇。

其实，昆仑奴就是来自非洲的黑奴，不远千里转卖到中国来的。唐朝段成式《酉阳杂俎》记非洲有个拨拔力国，“在西南海中，不食五谷，食肉而已。常针牛畜脉取血，和乳生食。无衣服，惟腰下用羊皮掩之”。这个国家的人就时常掠夺妇女，卖给外国商人。可见，非洲贩卖人口为奴的习惯，唐朝人是清楚知道的。赵汝适的《诸蕃志》及周去非的《岭外代答》都提到“昆仑层期国”，前书还说：“西有海岛，多野人，身如黑漆，虬发。诱以食而擒之，转卖与大食国为奴，获价甚厚。托以管钥，谓其无亲属之恋也。”有人指出，这个海岛可能是马达加斯加，岛上的黑人就成了“昆仑奴”。这个说法不甚清楚，好像是说非洲黑奴的来源限定在马达加斯加一地，读来易生误会。但是，昆仑奴先转卖到阿拉伯国家，再转卖到亚洲，以至于中国，则是清晰可见的黑奴贩卖路线。

北宋《萍洲可谈》一书记昆仑奴，资料很详细：“广中富人多蓄鬼奴，绝有力，可负数百斤。言语嗜欲不通，性淳不逃徙，亦谓之野人。色黑如墨，唇红齿白，发鬈而黄。……久畜能晓人言，而自不能言。有一种近海野人，入水不眨，谓之昆仑奴。”这里说的鬼奴、野人，都明确指的是来自非洲的黑奴，可以是通称。又说一种近海通水性的称“昆仑奴”，则是专称了。

因此，编故事的人，还可以再编一段“水遁”的情节，让故事更为传奇。

刘知远

从唐亡到宋兴，只有短短半个世纪，却经历了五个朝代，皇权更迭迅速，有如走马灯。梁、唐、晋、汉、周，每一朝开国皇帝的家世都不怎么辉煌，特别是梁太祖朱温与汉高祖刘知远。

欧阳修的《新五代史》卷十，是这么描述刘知远的：“高祖睿文圣武昭肃孝皇帝，姓刘氏，初名知远，其先沙陀部人也，其后世居于太原。知远弱不好弄，严重寡言，面紫色，目多白睛，凛如也。”庙号十分吓人，文武双全，又是睿智又是神圣，而且昭昭赫赫，肃穆威严，同时还以孝道统天下，真是了不起。说了半天了不起，却说不清家世如何，只知道是少数民族居于太原地区，后来汉化了。“弱不好弄”，是说他年轻时不乱搞，则有点“此地无银”之嫌，好端端的一个开国皇帝，为什么要表明他“不好弄”？看来他一定是个胡作非为的问题人物，还不知道乱搞了些什么事呢。

再看看同书卷十八，记刘知远的皇后李氏：“高祖皇后李氏，晋阳人也，其父为农。高祖少为军卒，牧马晋阳，夜入其家劫取之。”李氏生长在农家，想来是个姿色出众的女子，才会引来刘知远的觊觎，“夜入其家劫取之”。刘知远的举动，绝不是原始民族残余的抢婚制仪式，而是打家劫舍式的硬抢，比小霸王周通抬着花轿硬娶，还要来得更粗暴，更无赖，更流氓。

同是汉高祖刘知远，写本纪时形象高大、睿文圣武，写到皇后的出身，却露出了流氓皇帝麒麟皮下的马脚了。想来这当然是欧阳修的“春秋笔法”，因为皇帝是不能随便批评的，何况宋太祖赵匡胤的出身也不怎么样，也是好汉（流氓的谀辞）“发迹变泰”，欺侮人家孤儿寡妇，黄袍加身，成为真龙天子的。

刘知远抢李氏的故事，在民间传说中逐渐发展成《刘知远诸宫调》，后来演变成《白兔记》，活跃在舞台上。戏中的刘知远成了落魄的英雄，不过，真正让人同情的却是苦守家园、生了咬脐郎的李三娘。

公道自在人心。

《刘知远白兔记》

讲到宋元南戏发展为明清传奇，学者总要举“荆、刘、拜、杀”这四大南戏，作为发展的里程碑，其中的“刘”就是《刘知远白兔记》，简称《白兔记》。

《白兔记》的故事，借用五代汉高祖刘知远及其妻李氏这两个历史人物，发展出落魄英雄的“发迹变泰”与李三娘忍辱负重、坚贞不渝的遭遇。故事情节与历史上的真人真事无关，全是说书人编出来的，再经戏曲演唱，逐渐变成了老百姓耳熟能详的民间传说。

故事借用历史人物，却又不按真人真事来编，是说书人凭其想象的创作自由，官府一般不管，而且是即使管也管不了的。明太祖朱元璋就曾下过诏令，禁止老百姓在戏台上搬演帝王与圣贤，怕伟人的形象受到愚夫愚妇的亵渎。然而，《白兔记》的演出历久不衰，显示了官府政令难以奏效。甚至到了今天的昆曲舞台上，还经常可以看到的折子戏《出猎回猎》，就是《白兔记》的一折。

《白兔记》的故事情节，大概源自宋代说书的《五代史平话》。到宋金之际的《刘知远诸宫调》，已经有了主要的关目，如沙陀村招赘、太原投军、磨房产子、打猎会母、三娘接印、一家团圆等情节。说书人编的关键情节，是咬脐郎这个人物的出生、猎兔、认母，而“咬脐郎”这个名字的村俗朴素，正反映了故事情节编写的村俗本色。

咬脐郎之命名，生动呈现了李三娘饱受兄嫂虐待，磨房产子，用牙咬断脐带的艰辛人生处境。李三娘怕兄嫂害死儿子，托人送给在太原的刘知远，然后一个人默默承受一切凌辱与苦难。直到十六年后，咬脐郎出猎，打了一只白兔，直追到沙陀村八角琉璃井旁，遇到了李三娘，逐渐明白了身世，才有母子夫妻团圆的结局。

这出戏的主角当然是李三娘，令人赞叹的也是李三娘。刘知远离家十六年，对发妻的遭遇不闻不问，其性格之凉薄，实在不亚于戏曲中的薛平贵。李三娘的十六年与王宝钏的寒窑十八年一样，都令人感动，令人嗟叹，也是戏曲不断演出的原因。

相比起来，历史真人刘知远只不过是个流氓，强抢民女李氏之后，倒是认作正妻，后来还封为皇后，比戏里的刘知远还好。

欧阳修的春秋笔法

欧阳修写《新五代史》，认为梁朝的开国皇帝朱温是最坏的君王。然而，他还是强调，梁朝是个正统的王朝，朱温作为梁太祖还是得写进本纪，而不能标为“伪梁”，剔出正统王朝之列。

欧阳修的意思是，坏归坏，恶归恶，却不能否认他在历史上曾经为君，曾经建立起梁王朝。虽然欧阳修写《新五代史》一再强调春秋笔法，要使乱臣贼子惧，却也强调史实的重要，相信“欲著其罪于后世，在乎不没其实”。就是要写出史实真相，不掩盖事实，才能使罪恶昭著于后世。“惟不没其实以著其罪，而信乎后世，与其为君而不得掩其恶，以息人之为恶。”用现代革命语言来说，就是作为反面教材，让后世有所警惕，不做坏事。

《新五代史》卷一，描述朱温，读来并不太坏：“太祖神武元圣孝皇帝，姓朱氏……其父诚，以五经教授乡里，生三子，曰全昱、存、温。……存、温勇有力，而温尤凶悍。”

卷十三写朱温母亲的传，就说“太祖壮而无赖，县中皆厌苦之”；写妻张氏的传，则说“太祖时时暴怒杀戮”；朱温义子朱友文传，“太祖自张皇后崩，无继室，诸子在镇，皆邀其妇人侍”。荒淫无赖，到了极点，没有一丝皇帝的模样。写朱温本纪，拿他当太祖神武元圣孝皇帝，还人模人样的。写到朱温家人传记时，其土匪的原形就丑态毕露了。

欧阳修虽然为了尊重史实，不得不以朱温作为五代史的第一位传主，心底却极不舒服，写时充满了恶气。卷十三的序论，就近乎破口大骂了："呜呼，梁之恶极矣！自其起盗贼，至于亡唐，其遗毒流于天下。天下豪杰，四面并起，孰不欲戡刃于胸，然卒不能少挫其锋以得志。梁之无敌于天下，可谓虎狼之强矣。及其败也，因于一二女子之娱，至于洞胸流肠，刲若羊豕，祸生父子之间，乃知女色之能败人矣。"

欧阳修大概是气糊涂了，本来是骂朱温死得活该，猪羊一般，骂着骂着，居然骂到"女祸"头上去了。春秋笔法乱了套，惜哉！

不合情理的仁慈

欧阳修有一篇《纵囚论》，收在《古文观止》，批评唐太宗放死囚回家一事，是沽名钓誉，绝对不值得当政者效法。

唐太宗纵囚事，见《资治通鉴》卷一九四。贞观六年(632)十二月，唐太宗因怜悯死刑犯，放他们回家探亲，约定第二年秋天回京就死。到了第二年九月，放出去的死囚三百九十人，没人监督，却一个不少都回来了，没有人逃亡。唐太宗全部赦免，一时传为美谈。白居易还曾有诗咏之，说"死囚四百来归狱"，好像贞观之治真是仁德广被，连死刑犯都受了感召，信守规约，视死如归。

欧阳修大不以为然，认为这样的措施不近人情，因此别有用心，是唐太宗想制造仁德感化的名声，刻意安排出来的花样。唐太宗方面是料定了死囚会归来求赦，死囚方面则料定了唐太宗会赦免，如此，死囚捡得一条命，唐太宗捞取仁慈君主之名。欧阳修对此极为不满，指斥为"上下交相贼，以成此名也"，也就是皇帝与死囚沆瀣一气，相互算计利用，以博取仁政之名。

欧阳修还说，唐太宗偶一为之的举措，为自己博得美誉，但却不能成为"天下之常法"。能够成为常法，行之后世的，"必本于人情，不立异以为高，不逆情以干誉"。

金圣叹赞扬此文，说"有刀斧气，横斫竖斫，略无少恕"。《古文观止》的编者也这么说，并指出："太宗纵囚，囚自来归，俱为反常之事。先以不近人情断定，末以不可为常法结之，自是千古正论。"

欧阳修文章深刻，是极具穿透力的史论。以其立论辨析的方式，来看当今一些“泽被黎民”的措施，也可以看到不少沽名钓誉之举。

想当然耳

苏东坡有段“想当然耳”的轶事，长期以来为人津津乐道，总是以之证明苏轼天才洒脱的性格。

话说苏轼二十一岁考进士，试卷是“刑赏忠厚之至论”，其中说：“当尧之时，皋陶为士。将杀人，皋陶曰杀之三，尧曰宥之三。”讲的是，尧的司法大臣是皋陶，将要杀人之时，皋陶三次宣布执行死刑，尧则连着三次赦免。欧阳修是监考官，觉得文章好，因此虽不知典出何处，还是擢拔了苏轼。等到苏轼谒见之时，作为老师的欧阳修“不耻下问”，谁知苏轼的回答竟是“想当然耳”，说是自己编的典故，瞒天过海，把考官都唬住了。

其实，这段传说未免夸张失实，可能是后人瞎编的。“杀之三，宥之三”的典故，见《礼记·文王世子》，记周公的故事，是讲掌管司法的人要执法，周公却连着三次宥免。看来，天才的苏轼考试时天才不够用，记错了，误用了典故。他后来谒见欧阳修，是否真敢“目无尊长”，不把老师的学问放在眼里，认定欧阳修不知道《礼记》的材料，大模大样说出“想当然耳”，是很令人怀疑的。

三国时代的孔融也有个“想当然耳”的故事，见《世说新语》，该是真事。曹操打败了袁绍之子，曹丕赶在老子曹操之前，夺了袁家美貌的儿媳甄氏。曹操虽垂涎美色，却不好去跟儿子抢女人。孔融给曹操写了封信，说：“武王伐纣，以妲己赐周公。”曹操以为孔融博学广闻，信以为真。见到孔融，就问典故何出，孔融回答：“以今度之，想当然耳。”就是说，以今天曹丕抢甄氏的行为来看，当年妲己的下场，应当也是落入征服者的手中。武王没要的话，一定是赐给周公了。

不管苏东坡的“想当然耳”是自己编的，还是后人瞎编的，总之不合情理。孔融的“想当然耳”，却是故意编来讽刺曹操的。看来，四岁就能让梨的孔融，确有不凡之处，不是随便“想当然耳”的。

玩世疾俗

苏轼在元丰六年（1083），四十七岁（虚岁）时，得了第四个儿子干儿，是爱妾朝云生的。他很高兴，在小孩满月的时候，写了一首《洗儿戏作》：“人皆养子望聪明，我被聪明误一生。惟愿孩儿愚且鲁，无灾无难到公卿。”

一般人为自己的儿女祝愿，总是希望小孩聪明，不会祈求“孩儿愚且鲁”的。但是，苏东坡却希望自己的孩子又蠢又笨，理由是为了孩子一生的幸福，因为世道早已颠倒，聪明人要倒霉，只有蠢笨之人才能“无灾无难到公卿”。

这当然是气话，是颠倒过来说的人生感慨。因此，查慎行《补注东坡编年诗》说“诗中有玩世疾俗之意”，指出东坡的态度有点玩世不恭，愤世嫉俗。的确如此，因为他在元丰二年(1079)被人陷害，说他的诗文“愚弄朝廷”，先下狱，后贬谪，即是轰动一时的“乌台诗狱”。他在狱中受尽折磨，自以为活不了了，写下“是处青山可埋骨，他时夜雨独伤神”的句子，遗诗给弟弟苏辙。后来遭赦，远谪黄州，诗中就出现了“平生文字为吾累”的感叹，把聪明才智与灾难连了起来。

“东坡”这个号，是苏轼在黄州贬谪时期给自己取的，时间就是写这首《洗儿戏作》的前后。他写了《东坡八首》，还有序说明：“余至黄州二年，日以困匮。故人马正卿哀余乏食，为于郡中请故营地数十亩，使得躬耕其中。地既久荒，为茨棘瓦砾之场，而岁又大旱，垦辟之牢，筋力殆尽。”陶渊明躬耕南亩，苏东坡躬耕东坡，累得筋疲力尽，尝了自己聪明盖世的苦果。所以，得了个儿子，愿他又蠢又笨，像朝廷上尸位素餐的公卿一样，过舒心日子，那有多好！

在清朝任大官的纪晓岚，素以诙谐风趣著名，也不知道是不是因为自己的官运不错，“存在决定意识”，对东坡的《洗儿戏作》颇为不满，评曰：“此种岂可入集。”幸亏东坡不生在乾隆朝，否则难说不遭第二度的“乌台诗狱”。

李清照跋

李清照的《金石录后序》，是篇奇文，也是篇鸿文，记载了她与夫婿赵明诚对书画古董的收藏，也记载了校刊摩玩的乐趣。文中说到他们在山东青州营归来堂，搜集古玩书画，每天夜里观赏研究，“夜尽一烛为率”，也就是点完一根蜡烛的欢乐时光。

这是金兵尚未南下，北宋尚未倾覆之际，天下太平，陶情于书画鼎彝之中，夫唱妇随，真是“只羡鸳鸯不羡仙”的好日子。文中有这么一段：“余性偶强记，每饭罢，坐归来堂烹茶，指堆积书史，言某事在某书某卷第几页第几行，以中否角胜负，为饮茶先后。中即举杯大笑，至茶倾覆怀中，反不得饮而起。甘心老是乡矣。”

赵明诚在靖康丙午，金兵南下前一年(1126)任淄州守，在淄川邢氏之处，见到白居易手书《楞严经》。赵明诚在这件作品上写的跋，可见他欣喜若狂，赶紧骑马回家，虽已深更半夜，仍兴致勃勃，与李清照一同观赏的情景：“……因上马疾驱，归与细君共赏。时已二鼓下矣，酒渴甚，烹小龙团，相对展玩，狂喜不支。两见烛跋，犹不欲寐，便下笔为之记。赵明诚。”

据李日华《味水轩日记》，记万历三十八年(1610)二月十八日，他在冯权奇处见到白居易手写《楞严经》第九卷一帙，不但有赵明诚的跋，还有归来堂图书记，以及李清照的跋：“唐人凡庸书皆可观，况江州白司马耶。见其踪，念其人，疏窗净几之间，觉增我灵。靖康甲辰上巳日，易安居士识。”靖康只有两年，元年是丙午，第二年丁未就是“靖康耻”那一年，“靖康甲辰”是怎么回事？难道此跋是伪作？而李日华这位大行家看不出来？

此件书迹还有杨维桢及李贽的跋，不知是真是假。李贽跋：“余每谓宋三四百年，情人才士，止李易安一妇人。集中有《喜得乐天楞严偈》，几千言，手腕如锦，胸中无尘。今又更见此经，与卓老何多缘也。甲午五月四日，寓武昌李贽题。”李贽在世的时候，《李易安集》尚存，明人是熟知李清照这首长诗的，所以李清照与赵明诚欣得白居易书《楞严经》，倒不是假的。

伊本·白图泰

我们一般说伊本·白图泰是阿拉伯人，是阿拉伯的伟大旅行家，写了一本《伊本·白图泰游记》，堪与意大利的《马可·波罗游记》媲美。这样说没错，却容易引起误会，以为伊本·白图泰是生活在今天阿拉伯半岛上的人，活动地区以麦加为中心，环绕着阿拉伯沙漠，骑着骆驼四处游走。

仔细读读《伊本·白图泰游记》，就会知道他原来是北非的丹吉尔人，早年一直居住在这个地中海西端尽头的城市，隔着直布罗陀海峡，就是属于欧洲的西班牙南部，当时也在穆斯林的统治之下。精确一点，应该说伊本·白图泰是穆斯林，是信仰伊斯兰教的北非人，使用的语言是阿拉伯文。或许有人说，“伊本·白图泰”这样的名字很啰嗦，可不可以简称“白图泰”呢？简称穆斯林的姓名，以图方便，符合汉人习惯，也无可厚非，但是，你若知道伊本·白图泰的原名，就不会再提出简化的要求了。他的原名是：穆罕默德·伊本·阿布杜拉·伊本·穆罕默德·伊本·伊布拉欣·赖瓦蒂·团智。

伊本·白图泰游历的地方很多，从西班牙南部的安达路西亚，到北非、中非、西亚、中亚、印度、东南亚，直到中国，他都去过。他在今天的阿拉伯地区及印度游踪最多，游记中的资料也最翔实可靠。对中国人而言，描写中国的材料最引人注意，却令人感到影影绰绰，不如马可·波罗记载得详细。他到达中国的时间是元朝末期，比马可·波罗晚了半个世纪，正是蒙古人统治中国、东西交通畅行之际。

伊本·白图泰与马可·波罗的不同之处，是他来自海上，循着阿拉伯商人的海上贸易路线，从中国南方沿海一带登陆。在他游记中记载的主要城市是广州、泉州、杭州，分别称作隋尼凯兰、刺桐、汗沙。他有时把元朝统辖的疆域通称为中国，有时又把中国分成南北两部分，南方称中国，北方称契丹，显示了蒙古人入主中国的地域观念。然而，他见到的主要还是穆斯林，而且带着穆斯林的眼光看中国，才会说："中国人是膜拜偶像的异教徒，像印度人一样火化尸体。"他说的现象很有趣，因为"火化"在元朝究竟有多普遍，还是个值得研究的题目。

变戏法

《聊斋志异》中有些变戏法的故事，如卷一的《偷桃》，写父子两人表演，把绳子往空中一扔，绳子便悬空而立，直入云霄。儿子循绳而上，到王母娘娘的蟠桃园中偷桃。先有桃子落地，随后绳子断坠于地，肢解的尸体纷纷坠落，显然是被守卫发现而残害了。父亲伤心欲绝，把残肢放入篓中，乞求围观者赏赐丧葬费用，得了不少钱财。然后拍拍篓子，说声出来谢赏吧。儿子居然从篓中爬出，丝毫无损。

蒲松龄说这是他小时候亲见的事，因为十分神奇，所以记忆犹新。他听说白莲教会此法术，或许有其特殊的传承。蒲松龄看到的戏法，是17世纪中叶的事。在此之前三百年，当元末之际，北非的旅行家伊本·白图泰曾在杭州见过类似的戏法，可以印证蒲松龄说的其来有自。

伊本·白图泰说他在杭州看到的一场魔术表演，也是先把绳子抛入空中，然后让徒弟缘绳而上。魔术师连叫他三声，他都不应，师傅生了气，拿了把刀也缘绳爬上天去。随后就看到血淋淋的四肢、躯体、头颅，由天坠落。魔术师回到地面，满身血污，向观看的大官拜求了一些赏赐。然后，把零落的肢体捡成一堆，拼凑好，用脚一踢，孩子就丝毫无损地站了起来。

这场戏法把伊本·白图泰吓坏了，甚至要服镇定药物，才稳住心神。据伊本·白图泰说，这个魔术师是可汗的奴隶，想来指的是受蒙古人强制役使的汉人，也即蒙古统治阶层眼里的“蛮子”。他的这套戏法本领，应当是汉族的民间传统，不是蒙古人带来的新花样。至于伊本·白图泰这位大旅行家，行踪遍及欧、亚、非三大洲，见多识广，稀奇古怪的事物经历甚多，居然看戏法看得“大惊失色，心跳不止”(《伊本·白图泰游记》)，可见戏法之逼真，而血淋淋的场面必定是让人心怵的。

蒲松龄说他写《聊斋志异》是“妄续幽冥之录”，也就是“姑妄言之”，但伊本·白图泰的《游记》却是追索记忆的实录。两者所记的戏法如出一辙，大概都是实录。

《甲行日注》

叶绍袁（1589—1648）是明末苏州名士，一家从事文学创作，而且都颇有成就。妻沈宜修、长女叶纨纨、次女叶小纨、三女叶小鸾，并有才名，诗作辑入《午梦堂集》，是研究妇女文学的一部重要著作。

近来中华书局出了辑校新版的《午梦堂集》，其中还收了叶绍袁在明亡之后写的《甲行日注》，读来颇有感触。《甲行日注》是一本日记，起自乙酉年（1645）秋，止于戊子年（1648）九月二十五日，记了明亡之后他削发入山三年多的遗民生活。

周作人的《知堂书话》说，他读过《午梦堂集》、叶绍袁自著年谱，但最喜欢的还是这部日记。我也有同感。

知堂老人喜欢这部日记的理由是，叶绍袁在明亡之时已是五十六岁，经历了天翻地覆的大变动，磨难与锻炼除去了杂质与火气，使他的创作更为纯粹。说得当然没错，但是知堂所列的十八个例子，却只是表述了遗民心境的黍离之感，并未举证说明叶绍袁文章如何“更为纯粹”。

一般而言，日记文体比较质朴，也就比较纯粹。即使是刻意求工，冀望后人精读的大作，如曾国藩、李慈铭日记，甚或近人吴宓的巨制，也都有自然流露、不假修饰的段落。《甲行日注》主要是自我遣怀，没有强烈的传世不朽意图，当然更为质朴，更为纯粹。

且看看日记最后一年记二月的片段：“初五日庚午，晴。暖。与倌、倕一步田间，梅花正白，柳丝已垂绿矣。”“十一日丙子，晴。暖甚。与倌、倕往耘庐，茂远招也。梅花三千本，一望如雪，何减聚坞山中园亭。昼饮至暮，子近同在。平湖郊外，盛作神戏，戏钱十二两一本。国难未纾，居然忘用夷之变。人心亡尽，岂止贾太傅之哭哉！”“十五日庚辰，晴。冷。大风。夜月甚佳。”“十八日癸未，雾弥四野，林屋不见。晴。”“十九日甲申，阴。午后一霎雨。桃花大开。”“二十四日己丑，雨。冷。黯索之况，凄然莫写。”

不久之后，叶绍袁就死了。

今朝有酒(苏州)

我喜欢读古人的日记，因为记事真实，而且是随手记来，较少修饰，时常会读到令人诧愕的怪事。由于是日记，而非志异，更非长篇大论、训诲风化的文章，读来就特别触目惊心。

近读叶绍袁的《甲行日注》，记明亡之后的遗民生活见闻。丙戌年（1646）十一月，南明弘光小朝廷才倾覆了一年，史可法才殉国未久，嘉定三屠、江阴城守都还是没褪色的新闻，叶绍袁记江南的风气居然是这样的：

> 郡中骄淫之习，殆不可言。闺阁俱用貂鼠渤额，以效虏风。洒锦绣衫，不但女子服也。丈夫奇锦作小袖衣，必加半臂，制纫精工花鸟，炫艳之极。戏剧较前益多，画船箫歌，外室无虚夕。饮食若流，非盈方丈，不御匕箸矣。噫，风俗由人心而成，人心已死，杀气安得不生！虏未足以厌之，而又恃虏以恣其毒欤！且亦若有朝不及夕之意焉。

骄奢淫侈不说，时装风尚的变换才令人咋舌。不是说汉族衣冠代表的是民族气节吗？不是说清朝颁剃发令引起了江南士人同仇敌忾之心吗？这段日记却记得清清楚楚，郡城的大家闺秀都学了“虏风”，用貂鼠来饰戴额头。男人也不甘落后，力争上游，用珍奇的锦缎制作了马蹄小袖的服装。

穿要穿得时髦，吃喝玩乐要翻新花样，层出不穷，这是晚明江南繁华的特色。明亡半个世纪之前，已有人担心骄奢淫侈的后果，不知会“伊于胡底”。结果真的是伊于“胡”底，大好江山都落入胡人之手。叶绍袁的感慨是，江南士族好像根本没有亡国之恸，穿得更时髦，吃喝得更讲究了，“人心已死”。异族统治不但没有让人心生警惕，反而变本加厉，使得风气更加糜烂了。一幅“世纪末”（fin de siècle）的景象，好像过了今天，就不再有明天，于是今朝有酒今朝醉。

杜牧的名句，“商女不知亡国恨，隔江犹唱后庭花”，记的就是这种糜烂心境，因此，古已有之。1930 年曾今可有词：“国家事管他娘，打打麻将。”可见谬种流传，于今为烈。

木 冰

明末清初的大思想家黄宗羲，是浙江余姚人，明亡之时，曾在余姚南边的四明山中起兵抗清。明亡之前两年，也就是1642年，他曾在寒冬之际，与两个弟弟到四明山区冬游，从雪窦山到过云一带，云雾弥漫，寒气彻骨，连话都说不清了。突然，他们就见到了大自然的奇景：

> 忽尔冥霁地表，云敛天末，万物改观，浩然目夺。小草珠圆，长条玉洁。珑松插于幽篁，缨络缠于萝阙。琤琮俯仰，金奏石搏。虽一叶一茎之微，亦莫不冰缠而雾结。余愕眙而叹曰："此非所谓木冰乎？《春秋》书之，《五行》志之，奈何当吾地而有此异也？"

黄宗羲所说的"木冰"，就是我们现今称作"冰风暴"（ice storm）的现象。喜欢看李安电影的，应当记得他的影片《冰风暴》结尾一场，雨雾凝为冰霜，冻结在树枝、电线、屋檐之上，真是银装素裹，一片玻璃世界。这种景象在冬天有雨雾的寒冷地区比较容易出现，如美国的新英格兰一带。中国的东北、华北也偶尔出现。到了江南温暖地区，余姚的四明山一带，这种现象就极为稀罕了。

黄宗羲写此奇景，笔触生动翔实，说"小草珠圆，长条玉洁"，是冰凌凝结在草叶草茎上的实景；"珑松插于幽篁，缨络缠于萝阙"，写的是幽篁之间穿插着冰凌包裹的松枝与松针，玲珑晶莹，茑萝爬满的山壁更有冰霜悬挂，如缨络一般。朔风微动，就听到叮叮当当的冰凌相触之声，真是“琤琮俯仰，金奏石搏”。有人注解此文，竟把“珑松”解作“茏葱”，说是“花木繁茂貌”，想必是没有见过冰风暴的美景，不知道大自然的奇观。

其实，古人注经，对“木冰”倒解释得很清楚。《春秋·成公十六年》：“王正月，雨木冰。”杜预的注就说：“记寒过节，冰封著树。”也就是黄宗羲说的“《春秋》书之”，只是不常见到，少为人知。

再谈木冰

黄宗羲在《过云木冰记》一文中，描述他在四明山区过云一带，冬游之时赶上了一场“木冰”，叹为奇观，并说古书上有所记载，但在江南遇到，实为异象。

元末明初的陶宗仪，是浙江黄岩人，后来居住在松江，因此也是典型的江南文士。在他的《南村辍耕录》中，记有“木冰”一条，说到至正乙巳年（1365）开封的天象有异：“二月十三日……日旁一月一星，月如初弦者。又十日，雨木冰，状如楼阁、人物、冠带、鸟兽、卉木，百态具备，殆非人工。高林大树，珠葆羽幢，弥望不绝。凡五日，始解。又十日，复冰，自汴至中滦皆然。不一岁，盗陷汴据之。”

大白天的时候，可以看到月亮与星星，的确是异象，而且是二月十三日，离月圆已近，居然看到“月如初弦”。然后，就“雨木冰”了，有各种形态，煞是奇景，当然比现代赛会的冰雕要精彩。陶宗仪记载这次“木冰”，下意识里是觉得“天象示警”，天地阴阳秩序失调，要出大乱子了。因此，才会写“不一岁，盗陷汴据之”。这种天人感应、天象示警的想法，在古代就已发展成形。董仲舒《春秋繁露》的“五行变救”章“木有变，春凋秋荣。秋木冰，春多雨”，也是当作异象来说的。

黄宗羲是理性倾向极强的思想家，对天人感应、天象示警这种思维方式，似乎不以为然。他遇到这一场“木冰”异象，并未让他预感天下大乱，更没想去禳解灾难于未然。他只是在想，四明山中出现“木冰”这种异象，而别处没有，是自然之中有不同的特殊景象。这些天地间的变化，不一定与吉凶有关。再说回人世间的情况，不也是有些人特立独行，并不一定与世事的治乱相关吗？原文是这么说的：“嗟乎！同一寒暑，有不听命于造化之地；同一过忒，有无关系于吉凶之占。居其间者，亦岂无凌峰掘药，高言畸行，无与于人世治乱之数者乎？”

这里表达的意思，接近苏东坡说的“遗世而独立”，但却不想“羽化而登仙”，只是与社会政治的纠葛保持距离，不卷进泛政治化的“人世治乱之数”。等到真的天崩地裂之时，李自成攻陷北京，崇祯上吊，清兵入关，明室倾覆，黄宗羲还是和家乡人一道，高举抗清义旗，战斗在四明山中。然而，政治斗争与反清复明不是他唯一的生命意义，他还能在文化领域“凌峰掘药”，为文化的承续与发展尽一份力。

青山禅寺

半年以前，我和同事带了一批城市大学的学生，到屯门去探访青山禅寺。现在的禅寺是民国初年重建的，但其基础则是杯渡庵旧址，总算带点千年古迹的痕迹。

有同事说，杯渡庵是宋代的遗迹，是杯渡禅师在屯门驻锡的见证。这样说，容易引起误会，以为是赵宋时期（960—1279）有位杯渡禅师来到屯门，在青山（又名屯门山、杯渡山，英文名 Castle Peak）建了杯渡庵，宣扬佛法。其实，这位杯渡禅师是南朝刘宋时期（420—479）的高僧，来到屯门的时期，比赵匡胤黄袍加身，肇建大宋王朝还要早五百年。

现在的寺庙后山有片石岩，名石佛岩，岩下有纵深约两米、横面宽广的洞穴，其中供着杯渡禅师的石像。据说这尊石像是从海边捡来的，时代相当古远，恐怕是五代十国时期的遗物。石像造型十分质朴，像主的轮廓也相当模糊，说是杯渡禅师造像，推测的成分居多。罗香林曾做过考证，认为“形制古朴，殆亦为旧日所遗，非晚近所仿制者”。依据的是《新安县志》与《东莞县志》所载，宋代蒋之乔的《杯渡山诗并序》，其中说到五代时期南汉的地方官，曾命令工匠镌石，为杯渡禅师造像。至于这尊面目模糊的石像，为什么一定就是南汉时期镌刻的杯渡禅师，恐怕是谁也说不清了。我倒希望它就是当年的遗物，至少可以发思古之幽情。

后山还有摩崖石刻，上镌“高山弟一”四字，署名“退之”。当然是假借唐代文豪韩愈（字退之）的声名，为山水增色，以示人杰地灵。可是韩愈遭贬岭南，去的是潮州，不可能兴致勃勃，迢迢来到屯门“行山”，还留下“一览众山小”的豪情壮语。最有趣的是，前不久题字上了新漆，油漆工觉得韩愈写了别字，硬用红漆把“弟”字改成了“第”，倒显示了此地文风鼎盛，颇有“文起八代之衰”的气概。

汉唐的屯门

香港有些古地名，保留到今天还在使用，但也有不少改了名。在史籍上最早出现的是屯门、媚珠池（今吐露港）、大奚山（今大屿山）等地。或许有些地名更为古远，属于口头流传，而一直沿用至今，但是，文献无征，口说无凭，很难确知。例如，当汉族迁入的时候，称刀耕火耨的原住民为輋徭。这“輋”字，音 she，是“畲”的古字，指的是畲族，同时也指他们耕种的山坡地。现在香港还有很多“輋”字地名，像打鼓岭的坪輋、西贡的莫遮輋、沙田的禾輋等等。这些地名，究竟有多古远呢？是不是汉族迁入之前就有了？还是汉族迁入，把原住民挤往山地的时候出现的？还是后来才有的？

文献可征的香港地名，最早的是屯门。屯门一名，在唐代已见于史籍，那时还远远没有香港、九龙等地名。唐初设屯门镇，显然是为了屯兵镇守，保卫海疆。前些年出土了不少唐代陶器，为屯门添了一些文明累积的光彩，有人为之大惊小怪，好像香港在鸦片战争之前不该有历史文物遗存似的。其实，回顾一下历史建制，应当知道，发现唐代文物，是理所当然、毫不为奇之事。今年在屯门扫管笏的考古发掘，更发现了汉代的五铢钱，以及宋代与明代的墓葬。因此，屯门作为汉族聚居之地，不但历史早于唐代的建制，而且还绵延不断。

屯门有杯渡禅师的传说与遗迹，时代可以追到南朝的刘宋时期。《高僧传》卷十有“杯度传”，说杯渡禅师渡江时，踩着木杯，浮于波涛之上，晚年赴交广之间。杯渡的事迹，当然有神话传说的部分，神通虽然稍逊耶稣，却可比拟达摩祖师一苇渡江。撇开神异不谈，杯渡在屯门的遗迹，配合文献记载，应当反映了唐朝之前汉文化及佛教已经在此流传了。

唐诗中的屯门

研究香港早期历史的学者早已指出，唐诗中有些关于屯门的资料，主要是韩愈《赠别元十八协律》第六首及刘禹锡的《沓潮歌》。这里有两个值得思考的现象，可以稍作申论，看看屯门这个地方，在唐朝人心目中究竟留下了什么样的印象。

第一个现象是，韩愈与刘禹锡写诗提到屯门，都是由于在中央受到排挤，外放到岭南边陲。韩愈遭贬到潮州，刘禹锡则是明升暗降，外放为连州刺史。人到了岭南，听说了屯门海疆，这个地名才入诗。令人不禁怀疑，假如他们不曾遭贬，不曾感到自己身处海隅，屯门一名还会不会在唐诗中出现呢?

第二个现象是，两人都没到过屯门，却把这个地名写入诗中，当然是因为屯门在唐代很重要，是广州以南的海防重镇，把守着中国陆地通向海洋的咽喉要道。这就像当时人写西域边塞，总要提到玉门关一样，反映了唐朝人地理意识中“率土之滨”的南方极尽。

韩愈的诗说到“寄书龙城守”，指寄信给贬为柳州刺史的柳宗元，是问慰老友，也是报答老友的关怀。写贬谪岭南的颠簸之苦，韩愈举了“峡山逢飓风”“乘潮簸扶胥”，最后还说到他没去过的屯门:“屯门虽云高，亦映波浪没。”这是说屯门山虽高，但波涛汹涌之时，也有浸没之势。

刘禹锡的《沓潮歌》更说到屯门有“沓潮”，每三年一度，海水泛溢:“屯门积日无回飙，沧波不归成沓潮。轰如鞭石矻且摇，亘空欲驾鼋鼍桥。惊湍蹙缩悍而骄，大陵高岸失岧峣。四边无阻音响调，背负元气掀重霄。介鲸得性方逍遥，仰鼻嘘吸扬朱翘。”不但形容惊涛裂岸的气势，海水泛溢，淹没陵岸，还描写了巨鲸仰鼻嘘吸，翻尾扬波之态。

唐诗中的屯门，波澜壮阔不说，还充满了神奇的异域景象。

大三巴与三巴寺

澳门最重要的文化古迹，就是大三巴牌坊。去澳门观光的人，只要不是一头钻进赌场，不肯见天日，一定会沿着参观步道，顺着石阶而上，瞻仰过这座巍峨的古迹。就算没去过澳门，注意一下澳门的新闻点滴，也可以在电视屏幕上见到这个澳门的标志。

其实，大三巴牌坊并非牌坊，而是火灾劫余的教堂前壁。这场大火发生在 1835 年，把一座规模宏伟、历经二百年沧桑的建筑群烧得只剩下一面前壁，成了“牌坊”。

非但大三巴本来并非牌坊，大三巴原来也不叫大三巴，而叫三巴寺。是有了小三巴（即三巴仔）之后，三巴寺因为规模宏大，才有了“大三巴”这个俗称。寺名三巴，倒是中规中矩的译音，因为葡萄牙人在明代修建时，就命名为 Sao Paulo（三巴，圣保禄）。

不过，这里还有另一个混淆，因为小三巴根本不该称作“三巴”。这座修院名为 Sao Jose（圣若瑟），指的是另一位圣徒。澳门人却不管修院的原名是什么，圣保禄也好，圣若瑟也好，寺大的就叫大三巴，寺小的就叫小三巴，冯京就成了马凉。

这个多重混淆，是有历史原因的，大概的情况是：先有三巴寺，是耶稣会的教堂、修道院兼神学院，因为修士众多，成为澳门一景。《利玛窦中国札记》就记载，三巴寺是耶稣会士在中国传教活动的大本营。明末清初的遗民僧迹删《三巴寺诗》有句：“相逢十字街头客，尽是三巴寺里人。”因此，澳门人想到修道院与神学院，心里浮现的就是三巴寺。后来，耶稣会又建了圣若瑟修道院，虽然名称与圣保禄不同，但既同是耶稣会修院，也就一律“三巴”了。三巴寺（圣保禄）大，又是老资格，当然是大三巴；圣若瑟小，又是新建的，当然就是小三巴、三巴仔了。

多知道点历史，会发现理所当然的事，其实并不那么理所当然。

故乡珠玑巷

打电话给饶宗颐先生，请他在 6 月中我安排的吴昌硕书画展开幕时剪彩。饶公听说是浙江博物馆收藏的一批珍品，大为兴奋，说一定要来。随即又告诉我，他近来很忙，六月还要参加一个学术会议，写论文写得很辛苦。我说，您的文章字字珠玑，别人辛苦也写不出来。饶公在电话那一头大笑，说学术论文还有什么字字珠玑的？不过，广东倒是有个珠玑巷。我一向习惯饶公的飞跃式联想，就说，广东人总说自己祖先源自珠玑巷，那当然是传说，不甚可靠，而且自称珠玑巷后人的，又有几个能写出屈大均那样的文章？字字珠玑和珠玑巷无关，说您字字珠玑，不是因为您是广东人。饶公又是一番大笑。

许多广东人都说自己祖先来自南雄珠玑巷，特别是珠江三角洲一带，不少家谱中都有明确记载。不禁令人怀疑，这个南雄到底有多大，珠玑巷究竟有多少门户？怎么可能迁移出这么多后代？根据曾昭璇、曾宪珊的《宋代珠玑巷迁民与珠江三角洲农业发展》一书的研究，综合家谱、方志、地名志及实地调查的资料，可以列出七百九十七支从珠玑巷迁出的家族。很难想象宋代南雄的珠玑巷，到底是什么样的风水宝地，居然可以迁出近八百支家族。

葛剑雄主编的《中国移民史》对此问题做了综合的讨论，指出宋代中原人口南迁，翻越大庾岭，经过岭南的南雄，逐渐进入珠江三角洲，是人口迁徙的主要流向。大庾岭是移民南迁的最主要通道，而南雄则是南下移民的集散之地。也就是说，大多数南迁至珠江三角洲的移民家族，都经过了南雄。

至于珠玑巷又是怎么回事呢？ 陈乐素在《珠玑巷史事》一文中指出，珠玑巷的说法宋元时期还不见记载，到明清才盛传于民间，大概是个后起的传说。

不过，广东人的祖先大多来自南雄珠玑巷，的确是个美好的传说。 既然大家都是同乡，都是过去的老邻居，自然就该和睦相处，守望相助。

多古算古迹

报载大屿山白芒村的更楼，因有历史价值，香港古物咨询委员会建议列为古迹，以妥善保存。我看了看所列的具体情况，发现这座更楼建于五十多年前，是大屿山的白芒村民为了防御土匪和海盗，用花岗石建造的。第二次世界大战期间，曾作为防御工事，抵抗过日军的侵略，战后曾利用为学校，到1962年停止使用，迄今已经废弃了三十七年了。

因此，这座更楼有半个世纪以上的历史，而废弃也有三十七年了，算起来经历了两代人。经历了两代，不能说不古。然而，要正式列为古迹，就引人疑惑，半个世纪的历史够不够“古”呢？

香港是个年轻的城市，古迹不算太多，但是要找些“知天命”的屋宇，街头巷尾还是不少的，是否也都可称之古迹呢？假如半个世纪的建筑就是古迹，那么，香港很容易就可以媲美罗马、巴黎、北京、西安，跻身世界文化古迹名城之列了。不过，若是这样的古迹标准可以通行，全世界的城市大概都有资格称为古迹名城，则“古迹”就有了新的定义，泛指“老旧的建筑”，而丧失了原来蕴涵的特殊历史文化意义与价值。

白芒村的更楼有没有突出的历史文化意义与价值呢？对地方上保存乡邦文物来说，应该是有的。然而，这里有一个等级层次的考虑：是村级的古迹？是区级的？是整个香港的？或许香港地域逼仄，又是“一国两制”，不按内地的文物古迹标准划分，因此，分不出太多名堂。也许有人会说，对香港来说，都是古迹，都有历史价值，何必分什么等级呢？说得固然有理，但是把李郑屋汉墓与白芒村更楼相提并论，同列为香港古迹，民主固然民主，平等固然平等，历史还算不算呢？

历史地理

城市大学中国文化中心近来请了四位历史地理学家，做了一系列的讲座。同学们不知道“历史地理学”是什么，就问，历史地理学是不是历史加地理，又讲历史又讲地理?

我想起小学的时候，有门课叫“史地”，真的是又讲历史又讲地理，不过却分作两截，讲历史时不讲地理，讲地理时不讲历史，倒是泾渭分明，井水不犯河水。我们小学生可惨了，背完历史人名地名，再背民国时期各省县市地名交通物产，好像是西西弗斯推磐石上山一样，无休无止又无聊，而且永无间断。

历史地理学是门跨学科的学问，一时还不容易讲清楚。有位讲者就打了个比方，说历史学研究的是历史上的人物与事件及其因果关系，历史地理学则是研究这些人物与事件的舞台。我后来与他说笑，就说这门学问可以改称“历史舞台学”或“历史剧场学”。

说笑归说笑，却想起了杨绛的一篇散文，写她1933年初秋，与钱穆先生一同搭火车，由苏州赴北京的情景。其中一段很有趣:

> 车过蚌埠后，窗外一片荒凉，没有山，没有水，没有树，没有庄稼，没有房屋，只是绵延起伏的大土墩子。火车走了好久好久，窗外景色不改。我叹气说:“这段路最乏味了。”宾四先生说:“此古战场也。”经他这么一说，历史给地理染上了颜色，眼前的景物顿时改观。我对绵延多少里的土墩

子发生了很大的兴趣。宾四先生对我讲,哪里可以安营(忘了是高处还是低处),哪里可以冲杀。尽管战死的老百姓朽骨已枯,磷火都晒干了,我还不免油然起了吊古之情,直到"蔚然而深秀"的琅琊山在望,才离开这片辽阔的"古战场"。

这似乎就是“历史舞台学”的最佳注脚，希望同学们听了讲座之后，也能改观。

历史地图

因为修订《中国文化导读》一书，发现绘制历史地图之不易。虽有谭其骧主编的《中国历史地图集》作为依凭，可是画出来还是有问题。我请教了不少研究历史地理的朋友，如复旦的周振鹤、葛剑雄，北大的李孝聪、唐晓峰，总算心里有了底，做了一番更动，虽然都是小节，但还是不能不改，以免传讹。最近北大的林梅村来校任客座教授，我又要他给我看看与中西交通有关的地图，特别是汉唐丝路。他又发现了几处不妥，需要改正，让我大大舒了口气。我不禁想，学生读书会这么仔细吗？看到一幅示意的历史地图，会用心研究山脉河流与城邑疆界的地望吗？不过，我们编书，还是得仔细，得兢兢业业，不能有错。

这就让我想到许久以前，张光直先生出版《中国上古考古学》(*The Archaeology of Ancient China*)第四版时，送了我一本。我倒是好好地读了，而且是仔细研读，指出有两幅地图画得不准确，好像是伊、洛两水比例有问题。张先生大为高兴，还特别写了封信来道谢，说下一版一定会更正。前辈风范，令人神往。

说到前辈，就记起丁文江在1911年途经贵州的事。他走的是从云南到贵阳的驿道，是条大路，用的是武昌舆地学会出版的地图。按照地图显示，从平彝到贵阳，要经过亦资孔、普安、盘江、铁索桥、永宁、关索岭，到安顺的黄果树。结果丁文江一路上测量，发现过了亦资孔，走在路上，地名全然不同，是经毛河口、郎岱、坡贡，到安顺的黄果树。原来，地图上的驿路是条老路，是康熙年间用的，自雍正七年（1729）鄂尔泰就已经奏明改了新的驿路，而一直到清末，地图上居然没改。丁文江不禁感叹：“一条贯通两省的驿道，在图上错误了二百多年，没有人发现。足见我们这二百多年地理学的退步。”

假如我们再想想，康熙年间的地图是天主教教士实测所绘制，一直抄袭到宣统三年(1911)，还在用，简直是落伍得惊人。

新历史

在新的千禧年来临之际，研究历史的人对过去的回顾，似乎多了几分自觉，对整个研究领域的趋向，多了一些自我反省。最常听到的就是：写历史，是在写“历史”，还是在“写”历史？

前者指的是，历史是过去的事迹，是客观发生的事实，史家就要客观呈现历史事实。后者强调的是“写”，如克罗齐所说“一切历史都是现代史”，都脱不出写史人的时代环境，都涉及了一定主观意识的影响或评价。

19 世纪末的史家强调客观历史的为多；到了 20 世纪末，虽然尚不至于强调历史的主观性，却对客观呈现提出了质疑与批判。愈来愈多的史家主张新的史学方法，更有些人干脆提出“新历史”“新史学”的口号。

“新历史”一说，在法国最为流行，是由于“年鉴学派”的影响。研究欧洲中古史的雅克・勒高夫(Jacques Le Goff)在二十多年前就召集同道，编了一本《新历史》(*La Nouvelle Histoire*)，探究“新问题”“新方法”“新材料”。放在法国的文化环境来看，则“新历史”之前，早有文学领域的“新小说”(le nouveau roman)，以及法国人视为国粹新机的“新烹饪”(la nouvelle cuisine)。因此，新历史的出现，属于后进之列，一点也不新。有人说笑话，说历史家的眼睛是长在后脑勺上的，永远不争时髦。

不过，“新历史”确实提出一些新的研究法，在历史研究领域还是有开拓之功的。如研究历史人物的心理状态、下层老百姓的日常生活、妇女及弱势族群的处境；多用正史及官方档案以外的材料，用视觉材料、口述数据及文学艺术材料；吸取人类学、经济学、社会学、文学批评、心理学等不同学科的成果等。

总之，历史研究要多元化，不能再拘于传统的一元、正统、客观、正确取向。其实，历史写的是人，古往今来的人都不那么一元，历史怎么可能一元呢？

未来的轨迹

历史社会学家华勒斯坦（Immanuel Wallerstein）最近来到香港，做了几个演讲，阐发他对世界历史发展的看法。我最早知道华勒斯坦，是在耶鲁读书的时候，算起来也快三十年了。那时我对法国年鉴学派的史学方法产生了浓厚兴趣，先是读了马克·布洛赫(Mare Bloch)的《封建社会》及《法国乡村史》，再来读了布罗代尔(Fernand Braudel)的《菲利普二世时代的地中海和地中海世界》。当时我自己研究 16 世纪中西交通与文化交流的课题，也就连带着读了博克舍(C. R. Boxer)及梅林克-罗洛夫茨(Meilink-Roelofsz)对欧亚海上贸易的研究，甚至横生枝节，自找麻烦，读了一批研究欧洲在大西洋地区拓展的著作，包括皮埃尔·肖努(Pierre Chaunu)的名著《塞维利亚与大西洋》。很自然地，也就读到了华勒斯坦探讨资本主义兴起如何改变了世界平衡的《近代世界体系》。

华勒斯坦的大著，我只读了探讨 16 世纪的第一卷，感到虽然博大精深，颇有启发，却又觉得详于欧洲而略于亚洲的历史实况，因此，说来说去，还是讲的欧洲拓展史，还不如唐纳德·拉赫(Donald Lach)的 *Asia in the Making of Europe*（《欧洲形成中的亚洲》）好看。由于我本身的兴趣转向，侧重文化艺术的研究，也就没再去读后来陆续出版的第二卷与第三卷。

因为华勒斯坦来港，我便借来了他近二十年的著作。一看，不但第三卷已经写到了鸦片战争，其后还有两本书讨论了“未来的轨迹”，一直探讨到 21 世纪中叶，并且预示了资本主义体系的全面崩溃。我去听了他的演讲，也听到了一些先知式的预言，还要我们有心理准备，以免到时措手不及。

研究完了历史社会学，建构了一整套分析系统之后，居然成了先知，探讨起未来社会学。真是生也有涯，知也无涯。

谁的眼里出西施

中国人心目中有所谓四大美人，名单不止一个，言人人殊。一般来说，西施、王昭君、杨贵妃是名单上都有的，第四个则不一定。有人说是赵飞燕，有人说是班婕妤，有人说是貂蝉。奇怪的是，好像汉代美人特别多。杨贵妃以降的美女，选入宫中的不少，写入小说剧本的也不少，就是入不了正册，无法登入四大美人的头榜。这是怎么回事？

李师师是不是美人？不是的话，怎么会引得审美品位最有格调的徽宗皇帝潜出宫来相会？陈圆圆是不是美人？不是的话，怎么会惹出“冲冠一怒为红颜”的故事，使得吴三桂引清兵入关？若说这些都是传说故事，没有历史证据可以核实，所以不能算，那么，又有谁见过西施，可以核实西施之美真的倾圮了吴国的城池？有谁可以提出确凿的历史证据，核实王嫱之美有原子弹的辐射威力，可以震落天上的飞雁？

其实，古今中外，江山代有美人出，各领风骚五十年，为什么提到最美的典型，就一定在古代？不独中国为然，埃及的克莱奥帕特拉、希腊的海伦，不也是典型的例子？看来，时间是塑造美人的功臣。一方面是时光催人老，让垂暮的美人心惊胆跳，怕一觉醒来又多了两条皱纹；另一方面则时光推移，使后人在蒙蒙的时间迷雾中，逐渐塑造了美人的不朽形象。时间愈古远，愈容易编造美人的体态与容貌；时间愈长久，愈可以一次一次地重写重编，以臻至善至美。

西施大概是真有其人，至少民间传说如此。不但浙江诸暨的浣纱村说是她的故乡，苏州城外灵岩山上的响屧廊也说有她的足迹，穿着木屐，袅娜走过吴王夫差失魂落魄的眼神。连她捧心颦眉的痛楚表情，都有人要效仿，那容貌之美也难怪要“沉鱼”。《墨子》上说“西施之沉，其美也”，是以为勾践灭吴之后，把倾国倾城的西施溺杀了，因为她太美，难保不再倾了自己的国。一般民间传说，则是范蠡带着西施，弃官而走，遨游江湖去了。

这么多传说，虽则结局不同，从春秋说到现代，人人都说西施美，她怎么可能不美呢？

倾国倾城

赞扬女人美丽，传统修辞用得最滥的是“沉鱼落雁”“闭月羞花”。从修辞的角度而言，是隐喻，比“美得像朵花”要婉转深致一点。然而，用得滥了，就令人感到索然，而且庸俗。闻者不禁要问，女人到底有什么本领，能让游鱼与飞鸟感到惭愧，甚至会出现月食或植物界的异象？男人偶尔惊艳，让想象翱翔，还有点新鲜的意趣；随处惊艳，胡思乱想，就未免滥斯下矣。

“倾国倾城”虽然也用滥了，但一般人还不敢乱用，因为要倾覆国家与城邦，单靠美丽还不够，总得有权倾天下的帝王不顾邦家才行。说世间的女人美得倾国倾城，在修辞上要打两个转，先想到西施、妲己、杨贵妃，甚至希腊的海伦，再想眼前的佳丽可以媲美。辗转曲折，是酸秀才的思维方式。因此，《红楼梦》第二十三回，写到宝玉对黛玉说：“我就是个多愁多病身，你就是那倾国倾城貌。”把黛玉气坏了，觉得受了欺负，不止是因为言语轻佻，恐怕还因为引喻失义，而且失仪，一点也不罗曼蒂克。

“倾国倾城”一词，源自汉武帝宠幸李夫人的故事。《汉书·外戚传》有详细的记述，用现代说法，就是典型的裙带关系。

李夫人的哥哥李延年是宫廷的乐舞师，为汉武帝演奏新制的歌舞，唱出：“北方有佳人，绝世而独立。一顾倾人城，再顾倾人国。宁不知倾城与倾国，佳人难再得！”汉武帝为之神驰，结果当然中了圈套，因为李延年的妹妹就是那个佳人。

妹妹得宠，一家大小鸡犬升天。后来李夫人虽然早夭，武帝思念不已，还“以夫人兄李广利为贰师将军，封海西侯，延年为协律都尉”。

汉武帝思念倾国倾城的李夫人，颇似后来唐明皇思念杨贵妃的蓝本。写《长恨歌》的白居易就有诗：“伤心不独汉武帝，自古及今皆若斯。……生亦惑，死亦惑，尤物惑人忘不得。人非木石皆有情，不如不遇倾城色。”

不遇倾城色，就少了倾国倾城的危险，但也少了故事。

倾城的海伦

从前读埃德加·爱伦·坡（Edgar Allan Poe）的诗，有一首《致海伦》给我很深的印象。写的是导致木马屠城的海伦，古希腊最著名的la femme fatale（祸水红颜）。然而，全诗只赞颂她的美丽，不但没说倾国倾城，还以她为希腊罗马文明的象征，引导游荡困顿的诗人，悠然漂过芬芳的海洋，回到文化的故土乡邦。

其中最有名的一段是："绝望的海洋，惯于流浪，/你风信子的发丝，你古典的脸庞，/你的风采带我回到家乡/回到希腊的荣光，/回到罗马的辉煌。"

在诗人想象的世界里，特洛伊战争的尸横遍野，血流成河，以至最后的木马屠城，大概都是属于男人的争权夺利，好勇斗狠，与海伦的美丽无关。红颜成为祸水，可算是一种历史的误会；而造成误会的原因，大概都有更深远的人性贪婪、专横霸道在内，与美丽无关的。即使以阴柔的水作为女人的象征，也不能由此就推出水灾泛滥的"祸水"结论。因为，我们不也常以阳刚的烈火作为男人的象征吗？怎么就不因火灾肆虐而称男人为"祸火"呢？

荷马史诗《伊利亚特》第三卷，写到希腊远征军与特洛伊两军对垒，海伦登上城楼观战，是用侧写的手法描述海伦之美。荷马描述了特洛伊的元老看到海伦，惊艳之余，窃窃私语："谁能责备特洛伊与希腊的战士，为了一个女人，经历长年的战争之苦？她真是美若天仙啊。不过，不管她多么美丽，还是让她泛海回乡，别留在此地，困扰我们及后代子孙。”虽然盛赞海伦的美丽，但也透露了红颜祸水之意。

美丽虽然无辜，但若倾国倾城的过程中涉及了美丽的女人，历史的想象就不肯放过这个“倾国倾城貌”了。文明的记忆有时也很庸俗，就像香港报章耸动的头条新闻一样。

丙编

華洋雜處到如今

希腊城邦

我对古希腊城邦的兴趣，始自大一那年跟英千里先生学希腊罗马文学，尤其是读了荷马史诗，对希腊英雄鏖战疆场的气魄，无限景仰。阿基琉斯、阿伽门农、墨涅拉奥斯、奥德修斯……一个个都来自独立的城邦，率领一班子弟，在特洛伊城外，在奥林匹亚众天神的观赏之下，打得你死我活。那场面颇像武侠小说写天下英雄赶到华山论剑，精彩自不必说。

希腊城邦到底是怎么形成的，怎么个结构，怎么运作，怎么产生这一大批英雄豪杰的？我那时知识有限，只能从一般的历史书中得些粗略的认识。倒是因为读了李宗侗先生的《中国古代社会史》，辗转得知库朗热（Fustel de Coulanges）的《古代城邦》一书，后来还买了一本英译本来读，对中外古代社会“国之大事，惟祀与戎”，有了比较深刻的理解。读芬利(M. I. Finley)关于古希腊社会政治的著作，是在美国留学的事了，看了他的《奥德赛的世界》初版（此书后来有修订版），使我把历史与想象结合起来，比较了解荷马描述的希腊，其实还未建起“城邦”（polis），只是聚族而居的“家邦”（oikos）而已。《奥德赛》写伊塔卡的贵族群居情况，特别是人人觊觎领袖之位，想娶半老徐娘的佩涅洛佩的情节，一向使读者困惑为什么“国之不国”，其实是有历史发展的根据的。

我们过去理解希腊城邦的起源与结构，主要根据的是亚里士多德的政治学论著，是政治哲学的静态综论，是公元前 5 世纪之后对希腊古史的系统性分析，而且是以雅典为模型，概括整个希腊世界的。现在对希腊古史的研究，因为考古发现不断提供新材料，使我们比较清楚地知道，雅典城邦的形成只是古希腊历史发展的一种形态，而且发展的经过，也不是先有了权威中心，有了王室与主神，才发展出城邦国家。

考古新材料的发现，修正了过去的观点，使我们对古希腊的认识深化，也发现历史的复杂性，难以套用一元观点来解释一切。荷马史诗曾被人当作只是神话传说，现因考古发现而有了历史价值。亚里士多德的著作一向被作为古文献经典，却也因考古发现，减弱了其历史权威性。

中国无史诗

首先，要厘清一点，题目说“中国无史诗”，是因为题目不宜太长，只好简化。应该是“中国古代无印欧民族说唱叙事类型的史诗”，庶免误会，引起无谓争端。

这年头，说话难。有些人享有了言论自由，充满民主精神与公民意识，听到任何不顺耳或没听过的事，都要横加指斥，好像正义就在他手，公道自在他心。你说中国文化有优点，他就说你故意隐瞒秦始皇的暴虐；你说中国文化有缺点，他就说你没有读过“老吾老以及人之老，幼吾幼以及人之幼”。指东打西，一阵乱棒，非置你于死地不可。有时不禁怀疑，这是不是外星人的先遣队，来地球上担任颠覆工作的？

不过，有外星人来捣乱，对人类文化思索也有好处。我们就必须想得细密些，写得清楚点，不可信口开河，自相矛盾。所以，我这里说的是，中国古代（以汉民族文化为主体的传统中国）没有动辄几千几万颂的史诗，没有像印度《罗摩衍那》《摩诃婆罗多》，希腊《伊利亚特》《奥德赛》，以及冰岛、南斯拉夫等地咏颂英雄传说及神话的那种类型的诗体。

要指责的还是可以指责：为什么用西方的标准来衡量中国文学？为什么几千几万颂的叙事诗才算“史诗”？为什么《诗经》里的《玄鸟》（叙述商代始祖传说）、《生民》（叙述周始祖传说）不算“史诗”？为什么几十颂的叙事诗就不算？衡量史诗怎能以量取胜？是不是种族歧视？为什么在中国已经算长的诗《孔雀东南飞》不算史诗？是因为叙述一般人民生活，不是歌颂英雄人物吗？是不是歧视人民大众？清朝陈端生的《再生缘》总有几万颂了，为什么不是史诗？ 难道还不算古？ 难道清朝不算古代？

且不要以为这些质问是强词夺理。 质问的人，经常是“术业有专攻”的学者。 当然，质问得也有道理。 但其中关键，还是因为有个心结打不开：为了要说中国也有“史诗”而重新定义，无视印度、欧洲、西亚文化传统中的一个特色。

利玛窦的中文著译

香港城市大学出版社近来出版了《利玛窦中文著译集》，九百多页，皇皇一巨册，搜集了利玛窦在华的著作与翻译，如《天主实义》《交友论》《西国记法》《坤舆万国全图》《畸人十篇》《乾坤体义》等等，让我们这些过去到处翻检资料的人，深深感到真是功德无量，以后不必再“上穷碧落下黄泉，两处茫茫皆不见”了，只要手执一册，翻翻目录，就可以找到利玛窦在明末宣扬基督教义的材料，以及与当时中国学者论学的大旨。

我对《坤舆万国全图》及原图释文特别感兴趣，因为这幅世界地图代表了欧洲 16 世纪的地理知识，传到中国，打开了许多人的眼界，更使人想象天涯海角之时，有了不同的体会。《西游记》沿用印度传来的世界地理知识，说“世界之间，遂分为四大部洲：曰东胜神洲，曰西牛贺洲，曰南赡部洲，曰北俱芦洲”。这种说法，充满了想象的乐趣，又东西南北，井然有序，倒是很容易让人安身立命。利玛窦绘制的世界地图，在四百年前给中国人带来新的想象，是丰富了原有四大部洲观念，还是推翻了原来深入人心的地理想象，由于文献资料不足，难以确知。

然而，从他的释文中，可以看到不少新奇的消息，不少匪夷所思的描述，一定让当时人叹为观止。不过，明末的人读了，是否真的相信这是世界的真相，是地理的实录，还是海外奇谈，是天方夜谭，就很难说了。

且看看利玛窦是怎么描述世界各地的。说“罗马”：“此方教化王不娶，专行天主之教，在罗马国，欧罗巴诸国皆宗之。”国王不娶，三宫六院不要，虽然奇怪，但佛祖及其僧众都出家不娶，还可以相信。说“西齐里亚”（西西里）：“此岛有二山，一常出大火，一常出烟，昼夜不绝。”指的是埃特纳火山，当时人虽不知道，但火焰山故事中国早已流传，也可以接受。但说矮人国：“国人男女长止尺余，五岁生子，八岁而老，常为鹳鹞所食。”就难以置信了。

不晓得利玛窦是怎么跟写序的李之藻解释的。

北京天主堂

到北京参加一个以利玛窦为坐标的学术研讨会，是香港城市大学与北京大学合办的，除了会议研讨之外，还安排我们去瞻仰利玛窦的墓。瞻仰完毕，是自由活动时间，便有朋友建议去参观北京最古老的天主教堂南堂。我本来是想逛书市，自由自由的，一听到还有南堂可以参观，书市也不去了。

北大的负责人告诉司机怎么走，司机就开着车在北京的车流中七绕八绕，终于绕到王府井大街的北端，说教堂不远了。朋友们都七嘴八舌，说不对啊，有的说南堂在西单那一带啊，还有人说不是在宣武门吗，怎么跑到东城来了？司机一听，就说，你们要去南堂啊？怎么不早说？南堂在宣武门，没错，我知道。于是，又重新挤进车流，晃呀晃的，终于到了西城区的南堂。

明末刘侗与于奕正的《帝京景物略》（初刊于 1635 年）卷四，写“西城内”景物，有一条“天主堂”，就是描写今天南堂的原貌：“堂在宣武门内东城隅，大西洋奉耶稣教者利玛窦，自欧罗巴国航海九万里入中国。神宗命给廪，赐第此邸。邸左建天主堂，堂制狭长，上如覆幔，傍绮疏，藻绘诡异，其国藻也。”因此，利玛窦入贡进京，谒见万历皇帝之后，就得到皇帝钦准，领了皇粮，还获赐邸第，就是今天南堂的所在地。

我们见到的南堂，历经两次火灾，一是乾隆四十年（1775），二是庚子（1900）义和团事变，已非原貌了。前一次是天灾，后一次是人毁，劫后都得以重建，倒显示了北京基督徒信仰的坚韧。现在的建筑是 1904 年落成的，教堂下面的石雕不知是否当时教皇的徽记，倒是精雕细镂，很费了心思，不像一些现在重建的古迹，粗枝大叶，虎不像虎，狗不像狗的。

每次到寺庙教堂看到美轮美奂的建筑或栩栩如生的雕塑，我总是感叹，这才是艺术！画家或工匠在建造宗教建筑，在绘饰信仰场所之时，大概也满怀宗教或近乎宗教的虔诚，把全副心血都灌注到作品之中了吧？

南堂虽非旧物，还是让我联想翩跹。

北京南堂

北京宣武门内的南堂，是北京主教辖区的座堂，《帝京景物略》说，“堂在宣武门内东城隅”，现在的地址则是西城区前门西大街一四一号。

我们去参观南堂，是临时起意，不曾事先联络，因此，到了那里，只见大门上了锁，不得其门而入。大家缘墙而走，东张西望，对南堂的外观指指点点之际，来了一位修女，问是否前来参观。听我们说是香港城市大学与北大合办利玛窦学术研讨会的成员，专程前来探访南堂，便叫人开了锁，点亮了全堂灯光，让我们仔细观赏。

圣坛正中是圣母玛利亚的画像，脚踏一条毒蛇，让我想到澳门大三巴壁雕的“圣母踏龙头”，象征镇邪祛恶。倒是圣母像两旁的红布对联引起我莫大的好奇，因为平仄对仗完全不顾，只管两边字数相等：“吁玛利亚无原罪之始胎，我等奔尔台前为我等祈。”中文在似通非通之间，想来是直译拉丁文的缘故，那“吁”字吁得十分有趣，当然是赞叹圣母玛利亚的法语词：Ave Maria。圣坛两侧，又有两幅画像，都配有对联，一是耶稣像，对联是“耶稣圣心，矜怜我等”。另一幅则是若瑟抱着圣婴，对联是“大圣若瑟，为我等祈”。

我不是教徒，对天主教堂陈列圣像的规矩不甚了了，但也常在欧洲各地教堂参观随喜，却从未见过耶稣爸爸若瑟抱着圣婴的像放在如此显著的地位。问同行的朋友，都戏说这是中国的特殊性，国情不同，还有人开玩笑说，中国讲孝道，大概是利玛窦为了适应中国环境而创出的花样。

这当然是玩笑，因为明末南堂的情况，《帝京景物略》说得很清楚："供耶稣像其上，画像也，望之如塑，貌三十许人。……右圣母堂，母貌少女，手一儿，耶稣也。衣非缝制，自顶被体……"也就是说，正中圣坛供的是耶稣，而旁边是圣母抱圣婴，根本没有大圣若瑟抱婴之像。

那么，若瑟抱婴像的中国特殊性是何时开始的呢？

利玛窦在北京

利玛窦于 1552 年生在意大利，三十岁的时候来到澳门，万历二十八年十二月进京，谒见明神宗万历皇帝。有些人搞不清利玛窦是哪一年到的北京，因为万历二十八年是公元 1600 年，怎么大家都说是 1601 年呢？别忘了中西历法的不同，中国传统的阴历十二月，一般都是西历的下一个年的年头。利玛窦进京的时间很不巧，正好是中西历已经交替改换之时，所以，引起了换算的混乱。不过，这是历史研究的初步认识，麻烦归麻烦，认识还是得有。因此，万历二十八年是公元 1600 年没错，利玛窦于万历二十八年到北京也没错，于公元 1600 那一年到北京也没错。没错，没错，错的是脑子里少了根弦，不知道中国阴历年底极可能就是公元阳历次年的年初。

利玛窦在北京，颇受皇帝的恩宠，虽然不能影响朝政，却获得皇帝赐第给廪，算是钦准纳入了统治阶层的圈子，有了与朝廷命官及士大夫平起平坐的法理了。不幸的是，他在北京只生活了九年，于 1610 年去世。关于他是什么时候死的，现在的历史记录也不同，有的说是 1610 年 4 月死，有的说是万历三十八年庚戌五月十一日死，好像众说纷纭，其实，这又是因为中西历错乱之故。应该说，他死于中国阴历的万历三十八年四月，即是阳历 1610 年 5 月 11 日。公历的日子详尽，因为是耶稣会士自己记载的。

利玛窦死后，耶稣会士通过李之藻上了奏折，又得到皇帝的钦准，赐了一块墓地，就在当时北京的西城外。《帝京景物略》是这么记的：“越庚戌（1610），玛窦卒，诏以陪臣礼葬阜成门外二里，嘉兴观之右。其坎封也，异中国，封下方而上圜，方若台圮，圜若断木。后虚堂六角，所供纵横十字文。后垣不雕篆而旋纹。脊纹，螭之岐其尾。肩纹，蝶之矫其须。旁纹，象之卷其鼻也。垣之四隅，石也，杵若塔若焉。”

死后哀荣，墓也建得有气派。可惜，四百年后，我站在墓前，早已景物全非了。

佛学源出希腊

晚清以来，中国流行“西学源出中国”说，大谈西方科学、文化、思想的主脉，都是中国流传过去的。倡导此说的人，固然有不少是冥顽不灵的保守派，一心夸大中国文化无所不包，“放之四海而皆准，百世俟诸圣人而不惑”；但也有人是从策略出发，打出“西学中源”的旗号，以杜批评者之嘴，认真向西方学习“源出中国”的现代科技与文化新知。

两种根深蒂固的文化系统相遇之时，抵牾很多不说，还一定会有相互争胜的冲突。说对方的文化源自我方，颇似阿 Q 之精神胜利法，就算输了，也是“给儿子打了”。从另一方面来看，向“儿子”学点新知识，就像现代的祖父母向儿孙学电脑技术，并不丢人。

这种阿 Q 式的推理法，倒并非中国所独有。利玛窦批评佛教的轮回之说，也是用的这一招。他在《天主实义》里说：“古者吾西域有士，名曰闭他欧剌。……为言曰，行不善，必来世复生有报。或产艰难贫贱之家，或变禽兽之类。暴虐者，变为虎豹；骄傲者，变为狮子；淫色者，变为犬豕；贪得者，变为牛驴。”利玛窦所说的闭他欧剌，就是古希腊的哲学家 Pythagoras，现在一般译作毕达哥拉斯。利玛窦不只是说，佛家的轮回报应源自古希腊思想，还进一步诋毁佛教，说释迦牟尼剽窃了源自希腊的说法，胡说八道，创立佛教：“彼时此语忽漏国外，以及身毒（印度）。释氏图立新门，承此轮回，加之六道。百端诳言，辑书谓‘经’。”

佛家子弟看到这一段话，一定大为生气，会说利玛窦才是胡说八道。不过，站在耶稣会当年传教的立场，必须与佛教一争长短，这种釜底抽薪的教义争辩手段，恐怕也难免。古代道教与佛教争胜之时，不是也有“老子化胡”说吗？

马神父骂佛教

自从利玛窦来到中国，耶稣会士来华传教的就络绎不绝，在17—18世纪这两百年间，为天主教的传播，做出了不少贡献。这些传教士来到中国，带着欧洲人的眼光，看什么都新鲜，又带着虔诚的基督教信仰，看到佛教的繁荣昌盛就生气。他们当时写的信札、寄回教会的报告，就充满了好奇、新鲜、困惑，甚至有着为了肯定自己信仰而蔑视别人的强烈情绪。

马若瑟（Premare）神父于1699年2月17日，在广州写了一封信，写给法国耶稣会的另一位神父，其中就说他在广州看到和尚，心里很不是滋味："这里有很多和尚。没有任何地方的魔鬼能比这里的更善于模仿人们在天主教会里赞美上帝时所用的神圣方式了。这些撒旦的僧侣们穿着拖到脚跟的长袍，袖子宽大，很像欧洲某些神父的袍子。他们住在寺庙里，犹如住在修道院里一样，常常穿街走巷去化缘，半夜就起来念经拜佛。他们集体念经时像我们唱诵圣诗一样单调。然而体面的人们很看不起他们。因为大家知道，他们表面慈悲，其实他们五花八门的宗教体系充满了荒谬，而且其中多半是放荡堕落之徒。他们在百姓中也不会受到更多欢迎；老百姓只考虑生计，他们的全部宗教不过是每人依自身想象形成的古怪的迷信。"（《耶稣会士中国书简集：中国回忆录》第一卷，140页）

译笔虽然拙劣，意思却很明白：马神父厌恶佛教，憎恨和尚，说他们是撒旦，是魔鬼，是荒谬，是放荡，是迷信，口是心非，招摇撞骗。然而，让他最不舒服的是，和尚顶礼膜拜的方式居然跟天主教会赞美上帝的方式一样，魔鬼门徒的袈裟居然跟天主教神父穿的长袍一样，“他们”住的寺庙居然和“我们”的修道院一样，“他们”念经居然和“我们”唱诵圣诗一样……是可忍孰不可忍！

马神父是 1698 年 11 月 6 日至 7 日夜间抵达广州的，才住了三个月，就把佛教僧徒恨到这个地步。也只能让人感叹，阿弥陀佛，我佛慈悲。

异域风光

法国的耶稣会士马若瑟，于 1689 年 10 月 24 日到达澳门，然后又从澳门经珠江航向广州，于 11 月 6 日至 7 日夜间抵达广州。

在他寄回法国的信札里，他描述了初到中国的印象，就是珠江三角洲的风光：“珠江两岸一望无际的水稻田，绿得像美丽的大草坪。无数纵横交叉的小水渠把水田划分成一块块的。只看到远处大小船只穿梭往来，却不见船下的河水，仿佛它们在草坪上行驶似的。更远些的小山丘上树木郁郁葱葱，山谷被整修得犹如杜伊勒里宫（Tuileries）花园的花坛。”

村庄星罗棋布，一股田园清新的气息。千姿百态的景物令人百看不厌，流连忘返。

在另外一段描述中，马神父说：“我忘了介绍在珠江上漂浮的‘城市’：船只鳞次栉比，排成一条条街道。每只船上住一户人家，船上像正规住房一样也有各种用途的小舱。天一亮，住在这些浮动营房里的小民们就倾巢而出，或是下稻田干活。这里的人们一年种三季水稻。”（《耶稣会士中国书简集：中国回忆录》第一卷，第 139—140 页）

马神父对珠江三角洲的风光是十分神往的。看他打的比方，拿巴黎的皇家花园 Tuileries 的花坛，来比小山丘上郁郁葱葱的树木，就可以知道，马神父觉得自己是走入画境了。我猜想耶稣会的教育不曾提供陶渊明、范成大这类的田园诗作教材，但马神父的描绘，简直就像读了渊明诗：“平畴交远风，良苗亦怀新。虽未量岁功，即事多所欣。耕种有时息，行者无问津。日入相与归，壶浆劳近邻。”一派田野牧歌风味，把珠江三角洲的稻田当作浪漫诗人吟咏的风景了。

异国情调、田野风光，再加上牧歌的悠扬，马神父这类描述，一定给当时的欧洲人描绘了值得憧憬的“远方”。在那遥远的地方，有美丽的大草坪，有穿梭来往的船只，有平畴千里的田园。马神父是耶稣会神父，不兴胡思乱想的。但是，这描绘到了欧洲诗人的心湖之中，就要荡漾出“有位好姑娘”了，就要出现浪漫的异域风光了。

广州与巴黎

你听过有人拿广州与巴黎相比吗？ 大概没有。 你觉得广州比得上巴黎吗？ 没错，就是那个巴黎，你眼前会浮现有凯旋门、埃菲尔铁塔、香榭丽舍的巴黎。 广州比巴黎？

且慢，先别口吐秽语。 不是比现代的广州与巴黎，是比三百年前，还没有凯旋门、还没有埃菲尔铁塔、还没有香榭丽舍时的巴黎。

1689 年年底，马若瑟神父经过八个月的航程，从法国拉罗舍尔（La Rochelle）抵达了广州。 广州让他联想到的，就是巴黎："广州比巴黎大，人口至少一样多。 街道狭窄，铺着大块平整坚硬的石板，但此类街道并非到处都有。 有了本地廉价出租的轿子，人们毋须乘坐四轮华丽马车……房屋很低矮，几乎都开了店铺；最繁华的街区，颇像圣日耳曼集市的街道，几乎到处都有这个集市最繁忙时一样多的人群。 ……广州也有几个相当美丽的广场和当地特色的宏伟的拱形门。 从乡下进城或从老城到新城要过多道城门。 别具一格的是，每条街尽头都有门，它们比城门稍晚关闭。 因此，夜幕降临时，每人都必须回到自己居住的街区。"马神父拿广州比巴黎，首先是因为广州人多，不输巴黎。 然而，以建筑而论，广州的房舍就比较简陋破旧，比不上巴黎了。

另一位耶稣会士汤尚贤（P-V du Tartre）神父，于 1701 年年底到达广州，印象也类似："这不是一座城市，而是一个世界。 在这个世界里，能看到所有的民族。 广州的地理位置优越，一条大河流经这座城市，大河通过支流奔向四面八方。

据说，广州比巴黎大。房屋的外表看起来不怎么富丽堂皇，最豪华的建筑是耶稣会士杜加禄（Turcotti）神父在两三年前建造的教堂。”在汤神父的眼里，广州是世界性的大都会，什么样的人种都有。

不过，最引起神父们兴趣的，是广州人口众多，超过巴黎，因此是个大都会。不仅广州人多，可比巴黎，连佛山镇也不差。1701年沙守信神父初到佛山，就说：“该镇比巴黎还要大，有九十万人口。”

中国就是人多。

西学源出墨子

晚清流行的“西学源出中国”说，是十分有趣的文化心理现象，与沙文主义心理同属“文化自我中心”心态。有人说，这是现代民族国家兴起所产生的文化心理认同现象。固然言之成理，但也不能忘了，原始民族就有“文化自我中心”的心态。伊利亚德（M. Eliade）对原始民族宗教信仰的研究，就清楚揭示了，人类结群，首先就发展了“我群”在天地间独出的重大意义。

西学源出中国之说，有人是泛泛而论，有人是具体实说。最有趣的是眼界开阔的黄遵宪，说西方的思想、制度、科技都源自墨子。中国的墨学后来式微了，倒是在西方得以流传，并发扬光大：

> 余考泰西之学，其源盖出于墨子。其谓人人有自主权利，则墨子之尚同也；其谓爱邻如己，则墨子之兼爱也；其谓独尊上帝，保汝灵魂，则墨子之尊天明鬼也；至于机器之精，攻守之能，则墨子备攻、备突、削鸢能飞之绪余也。

这是说，西方的民主制度源自墨子的“尚同”。清末王仁俊的《格致古微》，更进一步引“尚同”篇的“选天下之贤者立以为天子”一语，断言“泰西有合众国、举民主、有万国公法，皆取诸此”。

至于基督教的一神教义与博爱精神，都源自墨子，听来也有几分道理，假如你不知道基督教义源出犹太教的话。

黄遵宪说，孟子在两千多年前辟杨墨之说，打击兼爱学说不遗余力，两千年后墨学已在西方发扬光大，“而地球万国行墨之道者十居其七。……驳驳有东来之意。呜呼！何其奇也”。

真的，呜呼，何其奇也。

王韬到香港

王韬（1828—1897）是清末的新派知识分子，不但国学基础深厚，也熟知外国事务。他曾在上海参与《新约全书》的译文校订工作，也曾到香港，帮助理雅各（James Legge）翻译了七部中国经籍。不过，他虽然与教会来往，为教会机构工作，在传教士刊物《万国公报》上写稿，却很少提到自己的基督徒身份。

王韬在同治元年（1862）到香港，此时距英国人初建殖民地才二十年。他在日记里写下亲身见闻，读来十分有趣。因为他是基督徒，又与英国人一道工作，较少排外的民族情绪，所写多为日常生活的细致观察，很少涉及“民族大义”。

那时还没有飞机，他当然是乘船到香港的，时为公历1862年10月11日。他一到香港，“即雇夫携行李至中环英华书院，见理雅各先生”。由以后几天的日记可知，理雅各牧师虽然来华已二十多年，却只会讲粤语，在教堂讲道也用粤语。对本地信徒来说，当然方便，对王韬而言，就麻烦了，“理君仅解粤音，与余不能通一语”，还得有人翻译才行。言语不通，可算是王韬的第一个深刻印象。

王韬抵港的第三天下午，有朋友来帮忙安顿，随即“同往小楼啜茗，几案间多设饼饵，亦可食”。以后几天，他便时常“出街啜茗”，显然是对广式饮茶发生了兴趣。到港第六天，他上街找朋友，却迷了路，“试食鱼生粥，味甚佳”，是一大发现，此后就经常“往茶寮食鱼生”了。

然而，王韬对香港的生活起居，显然不太习惯。虽然有广式饮茶，有鱼生粥吃，仍是有流落他乡之感。他住了半个多月之后，给上海的朋友写信抱怨，大吐苦水：“乃抵粤港，风土瘠恶，人民椎鲁，语音侏离，不能悉辨。自怜问讯无从，几致进退失据。……所供饮食，尤难下箸。饭皆成颗，坚粒哽喉，鱼尚留鳞，锐芒螫舌。肉初沸以出汤，腥闻扑鼻，蔬旋漉而入馔，生色刺眸。既臭味之差池，亦酸咸之异嗜。”

总之，广东菜吃不惯。鱼生粥虽好，也不能顿顿都吃。还是上海好。

非人类所居

香港居住条件恶劣，屋舍逼仄，是尽人皆知的事。我早年没在香港住过，未曾见过火车硬卧车厢式的“铺位屋”，只看过电影《笼民》，可以想象鸟笼猪圈一样的空间环境，却由人来居住，是如何的不人道。有人说香港居住环境恶劣，固然是因为地狭人多，但主要还是由于近代几次避难，移民拥至的缘故。

香港来自内地的移民多，是事实；香港居住环境坏，狭窄到不人道的地步，也是事实。但要说是避难来此的人，或是新移民的迁入，才造成了香港屋舍逼仄的现象，则非历史事实。因为早在1860年以后，英国殖民统治香港的初期，香港华人的居住条件就已经恶劣透了。

王韬于1862年10月由上海来到香港，住了三年之后，以自己所闻所见所思，写了一篇《香港略论》，其中就特别讨论到了居住问题：

> 港中之屋，层次栉比，随山高下，参差如雁户。华民所居者，率多小如蜗舍，密若蜂房。计一椽之赁，月必费十余金，故一屋中，多者常至七八家，少亦二三家，同居异炊。寻常之地，而一家之男妇老稚，眠食盥浴，咸聚处其中。有若蚕之在茧，蠖之蛰穴，非复人类所居。盖寸地寸金，其贵莫名，地球中当首推及之矣。

这里说的是华人的居所，英国殖民统治者住的地方当然不同，要宽敞多了。我们不禁要想，华人的居所像鸟窝、像蜗舍、像蜂房、像蚕茧、像蠖穴，就是不像人类的住屋，难道不是英国人一开始就制定的方针？

一个半世纪以来，政策有所改变，但有些香港人的住房条件，还是“非复人类所居”。

理雅各牧师

理雅各（James Legge，1815—1897）是著名的汉学家，英国牛津大学中文讲座的首位教授，翻译过“四书”“五经”《孝经》《道德经》《庄子》《太上感应篇》《法显佛国记》《离骚》等中国经典。看看他的皇皇巨制，好像他是毕生奉献给汉学研究，躲在牛津大学的书斋中译书似的。其实不是。他到牛津担任教席是在1867年，已经六十一岁，早已经历了多姿多彩的大半生，译出了儒家经典的主要部分。

理雅各是牧师，所以他的一生是奉献给上帝、奉献给教会的。他早在1838年就决心到海外传教，加入伦敦宣教团。教会认为他身体状况不太好，不足以承担去印度传教的任务，就派他到广州、澳门去传教。1839年夏，理雅各离开英国，乘船东来，正值鸦片战争爆发之际，教会便安排他先去马六甲工作。等到《南京条约》签订，开五口通商，割让香港之时，理雅各想到南京或北京去传教，教会却决定以香港为基地，在这块新殖民地上传布上帝的福音。

1844年，理雅各主持的联合教会就在香港建立起来了。从此之后，直到1873年，三十年间，除了短期回国休养或进修，他一直都在香港，发展向中国内地传教的大计。

理雅各成为汉学专家、翻译大师的动机，也是为了更好地侍奉主，推展传教大业。他觉得世界上的文明古国一个个消亡，而中国文明却能历久弥新，“一定是因为礼教有其维系人心的价值与力量（There must be amongst the people certain moral and social principles of the greatest virtue and power.）”。因此，要了解中国，要在中国传教，一定要明白中国的经典，知书达礼，才好推动教务。

理雅各在传教事业上奉献了他的一生，但是，人们永远记着他的，却是他为了传教所进行的“手段”，为了了解中国所进行的翻译工作。他对人类做出的最大的贡献，大概是东西文化的沟通与交流，是“跨文化研究”。也许，这就是上帝派给他的真正任务，传教反倒只是个手段了。

理雅各与王韬

理雅各翻译中国经典的过程中，最大的助力来自王韬。他们两人的合作，达十年之久，不但使理雅各翻译工作可以顺利进行，也使王韬得以接触西方的文化传统与现代文明。这段交往，可说是高层次跨文化接触与交流的典范经验，值得多加注意。研究中国近代思想的中国学者，往往只强调“西学东渐”，不太措意文化“双向互动”的影响，反倒是西方学者从他们自身的兴趣，比较容易看到跨文化交流引起的“双向”或“多向”思辨议题。美国学者柯保安（Paul Cohen）对王韬的研究，就很有启发性。

王韬来到香港，随理雅各工作，本来是为避难，逃脱清廷对他投靠太平天国的通缉。他逃到香港，是英国驻上海领事的安排，他对香港这片蛮荒之地是非常不满的，首先是吃不习惯，水土不服，再加上文化娱乐活动贫乏，让这位风流才子十分气闷。理雅各只会讲广东话，一开始沟通困难，也使他感到缚手缚脚，难以安身。

然而，王韬的学识令理雅各倾倒，理雅各的认真执着也使王韬心折，两个南腔北调人、东文西语客，性格与志趣完全不同，居然合作得很融洽，一做就是十年。理雅各在《中国经典》第三册《尚书》出版时，特别向王韬致谢，说：“这位学者学识渊博，对经典理解透彻，远超过我认识的任何中国学者。他 1863 年底来到香港，协助我工作，就像带来了图书馆的宝藏。同时，工作充满热情，时而解说，时而论辩，不但大有助益，也使辛劳的工作活泼有趣。”

其间有两年的时间，王韬还随理雅各到英国去，浸润了西方文化与学术研究。当理雅各最后一次离开香港、退休回国时，王韬为香港教会同人写了一篇文章，《欢送理雅各大牧师大人荣旋》，其中说到两人的交谊："余获识先生于患难中，辱以文章学问相契合，所谓知己感恩，兼而有之者也。"

中国人会说是缘分，理雅各一定相信是上帝的安排。

跳单神

王韬在 1862 年年底，由上海逃到香港，庇荫于英国殖民统治之下。他在香港一住二十二年，其间有两年多时间旅居英国，因此，对英国的风俗习惯比较了解，笔下也记录了亲身所见所感，翔实有趣。

他看到英国人男女社交开放，尤其是可以勾肩搭背，携手跳舞，觉得十分新鲜。他的反应不像当时的一般中国士大夫，以假道学加伪君子的心态，斥之为蛮夷淫邪之风。他的解释是比较民俗采风式的，比较接近当时欧洲民族学者的态度，虽然多少还是带点文明优越感。英国人跳舞，在他的笔下，成了"苗俗跳月之遗意"："港中番人多设酒铺，醉则男女携手联臂，举足蹈舞为戏。旁观者更佐以锣鼓诸乐，谓之'单神'，大约即苗俗跳月之遗意也。按满州（洲）六十七居鲁《番社采风图考》云，番俗成昏（婚）后三日，会诸亲友饮宴。各妇女艳妆赴集，以手相挽，面对面，举身摆荡，以足下轻轻应之，循环不断，为两匝圆井形，引声高唱，互相答和，摇头闭目，倍极媚态。引晋女子连袂踏歌意也。"

当时的广东人称这种番俗为"跳单神"。当然是直译其音 dancing，再加上个"跳"字，点明这种舞蹈具有"跳"的特性，十分传神。

王韬的解释，一方面是说英国人跳舞颇似苗俗，另一方面又不忘提起古代中原也有踏歌风俗，暗示"礼失求诸野"之意。

他在《漫游随录》中，以亲身游历英伦的经验，详细描绘了英国男女舞蹈的情况，总结这种风俗说：“西国男女有相聚舞蹈者，西语名曰‘单纯’。或谓即苗俗跳月之遗，今海东日本诸国尚有此风，英人则以此为行乐娱情之一法。”这里说的“单纯”，是直译 dance 之音，似乎故意有别于香港人所说的“跳单神”，大概反映了王韬对英语文法的认识比较敏感。但也可能只是随笔译音，根本没考虑到译名要统一的问题。然而，他要特别指出英国人跳舞只是“行乐娱情之一法”，却透露了王韬不再认为“单纯”是迎神拜月的“番俗”了。

牛津讲学

王韬在英国两年多，由 1868 年初到 1870 年春，最让他得意的事，大概是到牛津大学讲学了。 他在 1887 年写的《漫游随录·自序》中说:“余之至泰西也，不啻为先路之导，捷足之登；无论学士大夫无有至者，即文人胜流亦复绝迹。 余初至英，讲学于恶斯佛大书院。 院中士子峨冠博带，皆有雍容揖让之风。 余为陈道有异同同异之辨，而言至道终必归于大同，士子群击节叹赏，以为闻所未闻。”

这里说的恶斯佛大书院，就是 Oxford 大学，牛津大学。王韬自认是中国人在牛津讲学的第一人，因此，得意扬扬，自诩捷足先登。

王韬把牛津译作“恶斯佛”，是直译其音，一点也不奇怪。 奇怪的是，他翻译 Oxford 有三种译音，就难以推测译者的用心了。 最可能的是，他一到英国之时，还不通英语，人家怎么发音，他就怎么记。 因此，他初到伦敦，“寓在敖司佛街，楼宇七层，华敞异常”，就是住在市区的 Oxford Street。书中又说道:“英之北土曰哈斯佛，有一大书院，素著名望。四方来学者，不下千余人。 肄业生悉戴方帽，博袖长衣，雍容文雅。”这里说的哈斯佛，当然还是 Oxford，不过不是伦敦城里的街道，而是伦敦北郊的大学城。

且不论王韬为什么把 Oxford 译成三个不同的名称，他对自己去牛津大学讲学，是津津乐道的。 不过，从他自己的记述来看，讲得颇嫌空泛。 大概的意思，是阐述了朱熹的“理一分殊”，归结到中外学问有其相通之道。 牛津的师生为什么叹为观止，“以为闻所未闻”，就不是我们所能推知的了。也许是第一次听中国学者谈学问之道，也许是第一次听到有人以华语在牛津讲学（翻译者为理雅各），也许是第一次听人阐述儒家学说，总之是第一次，大开眼界是没错的。

王韬记他讲学得到的热烈反应，十分传神，不知是否有所夸张：“是时，一堂听者，无不鼓掌蹈足，同声称赞，墙壁为震。”

观察跳舞

中国传统习俗，男女授受不亲，乃至有“嫂溺不援手”的说法。嫂嫂落水快淹死了，都不能伸手去救，不是至亲的女人，还能碰吗？这种极端封闭的道德主义，发展到清末，与洋人接触之时，看到洋人男女杂处，甚至勾肩搭背翩翩起舞，当然会叹为观止。保守排外的道学家，直斥为蛮夷下流，作为夷人道德沦丧、中土文化优越之铁证。即使是有识之士，思想开通，也还是对跳舞之风俗感到奇怪。

王韬在1862年避居香港之时，就观察洋人跳舞现象，并未贸然斥之为淫风败俗，而是类比为苗俗，观察的态度有点像民俗学者。他在1868年至1870年访英期间，接触到英国上层社会社交场合，更明确了解了跳舞只是英国人“行乐娱情之一法”。在《漫游随录》中，他记载了一次亲历的舞会，极为壮观：

> 诸女子无不盛妆炫服而至，诸男子亦无不饰貌修容，衣裳楚楚。彼此争妍竞媚，斗胜夸奇。其始也，乍合乍离，忽前忽却，将近旋退，欲即复止，若近若远，时散时整。或男招女，或女招男。或男就女，而女若避之；或女近男，而男若离之。其合也，抱纤腰、扶香肩，成对分行，布列四方，盘旋宛转，行止疾徐，无不各奏其能。诸女子手中皆携一花球，红白相间，芬芳远闻。其衣亦尽以香纱华绢，悉袒上肩，舞时霓裳羽衣，飘飘欲仙，几疑散花妙女自天上而来人间也。其舞法变幻不测，恍惚莫定，或如鱼贯，或如蝉联，或参差如雁

行，或分歧如燕翦，或错落如行星之经天，或疏密如围棋之布局……

我引了这么长的篇幅，是为了显示王韬叹为观止的感受。这一长段描述，历历在目，可谓观察入微。反观二十多年后袁祖志写的《西俗杂志》：“跳舞之请，则主人派定某男合某女，某女合某男，两臂相握，双双离席，纵跳舞跃，以相取乐。即男女素不相识，亦可从事。”就显得干巴巴的，好像在暗示“男女素不相识”也可以怎么样似的。王韬“行万里路”，到过英国，毕竟不同。

信达雅

严复是近代翻译的大宗师，他因翻译《天演论》，对翻译学有过深刻的思考，在《天演论·译例言》中，发表过这样一段脍炙人口的议论："译事三难：信、达、雅。求其信已大难矣，顾信矣不达，虽译犹不译也，则达尚焉。"这也就是说，最佳的翻译，是"三难"都能解决，既忠实原作，又通顺易懂，还文辞优美。但翻译之事，是难为的事业，兼顾"信、达"，就已不容易，还想要"雅"，实在是难上加难。即使只就"信、达"而言，有时都难以兼顾，那么，怎么办呢？

严复说，"则达尚焉"。有人解释成：宁愿通达，不管信实。以为严先生心目中以读者为第一考虑，重视的是信息的沟通与传递，至于是否忠实原作，则是次要的考虑。好像严先生是实用信息学与大众传播学的祖师爷，只管消息传递如何有效率，如何争取更大的市场，如何让读者读得流畅顺当，不管信息是否忠实。又好像严先生是流行广告学的倡导者，只要译作货品出手，读者竞买，完全不顾原作蕴意。

其实，严复这段话并不是那个意思。他的思路非常清楚，讲翻译，就是第一要"信"，再来是"达"，最高境界是"雅"。所谓"则达尚焉"是要放在这个脉络里去了解的，是一定要信，然后再达。然而，求"信"就不容易了，而且"信"了，还得传递"信"的消息，还得要人读得懂，因此，"则达尚焉"。而不是把"信"与"达"对立起来，二者选一，好像严先生的翻译是在赌场里玩一翻两瞪眼似的。

不过，严复这段话语焉不详，说得有点模棱两可，是有原因的。 因为他译赫胥黎的《天演论》，经常不照原文翻译，有时甚至不忠实原意。 这也就是为什么鲁迅说严复译《天演论》，其实是“作”《天演论》；美国学者史华慈的 *In Search of Wealth and Power*（《寻求富强》）更清楚阐明了严复在译作中，总是掺进自己的想法，借翻译挟带改良思想。

也难怪严复接着模棱两可的话头说：“题曰达旨，不云笔译，取便发挥，实非正法。”

老佛爷不吉祥

这些年来清宫故事片大行其道，电视连续剧更是接二连三，演出宫廷的仪节与习惯，应对进退，跪安行礼，煞有介事，几乎垄断了一般人的历史知识。

最常看到的，就是一群花枝招展的格格，摇着花手帕，向着皇太后咧嘴一笑，说“老佛爷吉祥”。 称皇太后为老佛爷，是把慈禧太后专有的“绰号”普遍化了；即使是慈禧太后，也没有人会当面直称“绰号”。 老佛爷是太监和内务府的官员在背地里使用的一个代词，不登大雅之堂的。

至于向皇太后道“吉祥”，更是大违清宫规矩。 朱家溍在《故宫退食录》里说，道吉祥这种问候方式，是太监们彼此之间见面互相问候时说的话。 太监见到帝后，不会乱了规矩，把皇帝、皇后、皇太后认成是自家一伙，致以亲昵的问候。太监见到大臣，也不会乱认成自家人，道什么吉祥。 只有内务府的一些低级官员，见了有地位的太监表示是自己人，才会问候一声“某某老爷吉祥”。 公主格格向皇太后道“吉祥”，是只有现代编剧与导演才想得出的花样，可惜以讹传讹，许多人都从电视上学了胡编乱导的“历史知识”。

那么，太监向慈禧太后奏事，如何行礼呢？ 首先跪下请安，说“奴才某某请皇太后圣安”，再开始奏事。 绝对不会说“老佛爷吉祥”之类的荒唐话。

此外，官员见皇帝或皇太后，也是同样的跪安仪节，说：“臣某某请皇太后圣安”，再回话，或奏明事体。 不可能出现影片中的情况，一边叩首一边说什么“老佛爷万寿无疆”

之类。

“老佛爷”与“吉祥”，是太监的常用语。通过电影与电视的“再造历史”，居然从公主格格嘴里说出，实在令人叹为观止。

慈禧太后大哭

我们一般知道的慈禧太后，是威风八面的老佛爷，坐在金銮殿上，垂帘听政，只言片语就可以决定大清帝国的命运，乃至人民的身家性命。可是，这个拥有“慈禧端佑康颐昭豫庄诚寿恭钦献崇熙”徽号的大人物，也曾因为刚愎自用，以至邦国濒临倾圮，本人则颠沛流离，朝不保夕，饿了两天，为之痛哭流涕。

慈禧贵为太后之尊，居然挨饿，还痛哭流涕，不是怪事吗？没错，的确是怪事。不过，不能怪别人，要怪只能怪老佛爷鬼迷了心窍，要弄着义和团打洋人，却被八国联军打进北京，仓皇“西狩”（其实就是西逃）。当时任怀来知县的吴永，出城迎接圣驾，见到的慈禧是“布衣椎髻”，化装成民妇了。慈禧问他，县城还有多远？答说二十五里。问有没有预备供应？答有。慈禧这才宽了心，说好，有预备就好，随即就放声大哭。

慈禧大哭，有两个原因，都是由于委屈，一是逃亡了两天，才有人来接驾，才有人理她。听听她是怎么对吴永哭诉的：“予与皇帝连日历行数百里，竟不见一百姓，官吏更绝迹无睹。今至尔（你）怀来县，尔尚衣冠来此迎驾，可称我之忠臣。”二是她实在又饿又渴，饥寒交迫，与乞丐也差不多了。吴永是这么记的：“太后哭罢，复自述沿途苦况。谓连日奔走，又不得饮食，既冷且饿。途中口渴，命太监取水，有井矣而无汲器，或井内浮有人头。不得已，采秫秸杆与皇帝共嚼，略得浆汁，即以解渴。”慈禧自己述说饥寒交迫，甚至连面子也不顾，直截了当要东西吃：“昨夜我与皇帝仅得一板凳，相与贴背共坐，仰望达旦。晓间寒气凛冽，森森入毛发，殊不可耐。尔试看我已完全成一乡姥姥……今至此已两日不得食，腹馁殊甚，此间曾否备有食物？”

她当然是饿坏了，才会在荒郊野外，向前来迎驾的小知县讨口饭吃。这吴永居然还真准备了一锅小米绿豆粥，不愧是“忠臣”。

慈禧太后吃鸡蛋

慈禧太后平时吃的是山珍海味，满汉全席，极有排场的，吃个鸡蛋算什么？ 可是在一百年前，庚子事变爆发，八国联军进京，慈禧仓皇西逃时，饿了两天，能得个鸡蛋吃吃，真是胜过“玉食珍馐”了。

吴永的《庚子西狩丛谈》说他在怀来接到公文，言两宫圣驾前来，要准备一桌满汉全席，还要给王公大臣各准备一品锅。 怀来小地方，哪能提供如此奢华的宴席？ 有人建议置之不理，免得供应不如意，自取其祸。 吴永想来想去，觉得守土有责，勉强置备了些食物，到城外迎驾，却遭到败兵抢掠。在榆林堡煮了三锅小米绿豆粥，预备给随从作点心，也被抢走了两锅。 剩下的一锅粥，本来以为是粗食，不敢献上。 慈禧此时已快成了饿殍，反应是：“有小米粥，甚好甚好，可速进。患难之中，得此已足，宁复较量美恶？”

于是，慈禧饱餐了一顿小米粥。 不过，好像并不满足，得陇又望蜀，因为李莲英出来对吴永说：“尔（你）甚好，老佛爷甚欢喜，尔用心伺候，必有好处。”随即就转入正题：“老佛爷甚想食鸡卵，能否取办？”老佛爷喝完小米粥，想吃鸡蛋了。 好在她天纵圣明，体谅民情，知道满汉全席是不可能的，退而又退，求其次而又次，提出了吃鸡蛋的要求。

这吴永也的确是个大忠臣，担负起兵荒马乱中找鸡蛋的重任。 他在榆林堡中七找八找，居然在一家空肆的厨屉中找到了五个鸡蛋。 然后又生火烧水，费了不少劲，煮熟了这五个蛋。 最后觅得一粗碗，配上一撮食盐，亲手捧交给太监进呈。这一番努力，果然让老佛爷满意。李莲英出来对吴永说:“老佛爷狠（很）受用，适所进五卵，竟食其三；余二枚，赏与万岁爷（光绪），诸人皆不得沾及。此好消息也。”

什么好消息？慈禧一口气吃了三个鸡蛋，吴永勤王护驾有功，可以指日高升了。

学问与做事

古人说学问以济世，本意很清楚，是要读书人“多闻阙疑”，掌握可靠的知识，学到“慎思明辨”的本领，大焉者做好经国济世的事业，小焉者做事有效率、不出差错。

可惜后世科举取士的副作用，使一些读书人的学问只有考试的功用，完全不管世间现实。流风所及，即使在今天，还有人把学问当成不切实际的书本知识，和“做事”的实际能力对立起来。有些青年学生，甚至以为学问归学问，是考试得文凭的必要条件，做事则从实际经验得来，与学问无关。

辜鸿铭在《张文襄幕府纪闻》中，记载了他在张之洞幕府的见闻，有一段论及“学问”与“做事”关系的故事，绝妙，可以一读。

事在光绪三十三年（1907），张之洞与袁世凯都以封疆大臣的身份，入军机处。袁世凯见到德国公使，说：“张中堂是讲学问的；我是不讲学问，我是办事的。”当时有不少人认为袁世凯说的有见地。辜鸿铭听了却说：“诚然。然要看所办是何等事。如老妈子倒马桶，固用不着学问。除倒马桶外，我不知天下有何事是无学问的人可以办得好。”

这个辜鸿铭是清末民初有名的怪物，专发怪论，然而，有些怪论却颇能发人深省。他曾评论张之洞“学问有余而聪明不足”，也说过张之洞办事不太牢靠，但是，他对只强调精明能干的袁世凯显然更不以为然。

袁世凯后来的表现，也的确能干，是个办事的。不但逼得清帝逊位，做了中华民国第一任大总统，后来还用了美国宪政学者古德诺教授的意见，洪宪改制，做了八十三天的皇帝。翻手为云覆手雨，聪明能干真是无人能及，把中华民国搞得一团乱，民主共和的议政制度如同儿戏，玩弄于股掌之中。

当然，辜鸿铭的怪话只能备此一说，不可执着。千万不要再推论，若是袁世凯也有学问，中华民国会有什么下场？

迷信名牌

清末民初的怪人辜鸿铭，在他的《张文襄幕府纪闻》书中，记他追随张之洞二十多年的见闻。其中有一则“看招牌”，语译如下：

有个洋行老板，是做军装生意的。与中国官场酬应，时常宴请各省委员，招徕生意。每次酒宴饭饱，就以雪茄烟飨客，一向都用上品，价格不菲。可是中国客人往往吸食未半，就扔弃了。洋行老板性格吝啬而狡黠，以后宴客时就用最上品名牌烟盒，里面却换成最劣品的烟。有一天，某省办军装的道员，是个自命为熟悉洋务的，到洋行老板家晚餐。饭后，主人拿出雪茄烟，道员看了看，讶然说：“咦！我知道这种名牌，一盒值十块银洋。”便取了一支，含嚼之后，喷云吐雾，扬扬自夸：“我说是十块银洋的味道，果然不错。”主人则暗地里好笑。

辜鸿铭随即发了感慨，却一反平素维护中国固有道德，谴责欧西利欲熏心，巧取豪夺，而是这么说的：“噫！西商在中国售洋货，最重招牌，凡有仿冒其招牌者，必请官惩办。盖知中国人不论货之优劣，而但看招牌耳。”是说中国人买洋货，不问货之优劣，只看招牌。是名牌就洋洋得意，以骄同侪。

这样的现象，今天还很普遍。有些时髦人物，穿上名牌服装，唯恐人不知，故意把标签留着，招摇过市。至于酒宴上喝 XO，总是倒满一大杯，浅尝两口就弃如敝屣，也经常看到。或许这显示了新时代的豪奢，暴发户对贵重物品不惜暴殄，是肯定自己有成就的心理。于是，一定要买名牌，却又不好好（或不会）珍惜享用，所为何来呢？

辜鸿铭所感慨的现象，到今天已经一百年了，好像还是方兴未艾，只认招牌，不识货底。这种现象，究竟有没有终止的一天呢？

康有为谈古迹保护

康有为在戊戌变法失败之后，流亡海外，亲身游历了世界列强所建设的现代文明，对中国的落后有了更深切的体会。虽然他自始至终都是个保皇党，甚至到了张勋复辟时还去插一脚，长期以来被人“扫进历史的垃圾堆”，但是，他游历各国时的观察与体会，却有不少真知灼见，值得我们从“垃圾堆”里捡回来，再重新审视。

他在 1904 年 5 月间到意大利，先后去了那不勒斯（拿波里）、罗马、佛罗伦萨（翡冷翠）、威尼斯、米兰，对意大利的历史文化有了感性立体的认识。最让他震惊的是，意大利居然有那么多古教堂，那么多古罗马的遗存，经历了千百年的沧桑，仍旧岿然屹立，为当今的意大利人作历史的见证。他在《意大利游记》中写道：“其古工之朴厚坚致以遗后人，而后人之能敬英雄保存古物，二者交美，皆令中国人深愧者也。”

康有为的感慨是深切的。因为大多数的中国人总是自诩为文明古国之裔，总是自夸历史文化悠久，但是，与古罗马同时代的汉朝遗迹到哪里去了？秦时明月汉时关，就算看不到秦时的明月，至少还有个月亮，汉时关呢？汉家陵阙怎么毁圮殆尽了呢？怎么只剩下西风残照了呢？看看人家罗马：“颓垣断础二千年，衢道相望自岿然。最异频经兵燹乱，保存古物至今传。”

康有为认为，这里牵扯了一个中国人对古迹的态度问题，而且与大多数人唯利是图、只管当前利益的心态有关，实在不是文明古国应有的现象，思之令人痛心：“趋时风或好言适用者，则扫除一切，此所以中国之古物荡然也。”他还举了广东为例：“吾粤巨富，若潘、卢、伍、叶者，其居宅园林，皆极精丽，几冠中国，吾少时皆尝游之。即若近者，十八铺伍紫垣宅，一门一窗一栏一楯木，皆别花式，无有同者。而前年伍家不振，忽改为巷，遂使全粤巨宅，无一存者。”

这是一个世纪前的现象，目前情况是否好一些呢？

“康圣人”从一而终

清末民初是个大动荡时代，天翻地覆之际，出了许多传奇性的人物。打个不敬的比方，就像《水浒传》一开头，洪太尉误走妖魔，让禁锢在地穴里的天罡地煞一百零八条好汉出了世，那当然是要轰轰烈烈一场，给后世留下无限的怅惘，说不尽的故事。

康有为的名声，在后世不怎么好，远不如他的弟子梁启超，主要是因为他参加了张勋复辟，民国都已经六年了，还想重新拥立宣统，未免太不识时务。鲁迅嘲笑他提倡跪拜，“否则要此双膝何用”，是奴才心态，也多少还是从批判他政治上保守复辟出发。在我们心目中，康有为是戊戌变法时的进取改革派，堕落成民国以后保守顽固的遗老了。

然而，康有为参加复辟这场闹剧，倒是符合他长期鼓吹君主立宪，反对革命破坏的想法，是他终身不渝的政治态度。过了八十五年再回头来看看，康有为的顽固保皇思想，也不过就是顽固而已，并不可怕，而革命逐渐变成“不断革命”，则似乎应了保守派害怕的“洪水猛兽”。假如历史可以重演一次，民初就知道不断革命可以革出“文化大革命”，恐怕连鲁迅也不至于苛责“康圣人”了。

复辟发生，梁启超与老师完全决裂，站在讨逆军一边，把复辟运动跟老师一道，“扫进了历史的垃圾堆”。但是，康圣人去世时，梁启超的《公祭康南海先生文》是这么说的：

复辟之役，世多以此为师诟病，虽我小子，亦不敢曲从而漫应。虽然，丈夫立身，各有本末。师之所以自处者，岂曰不得其正？思报先帝之知于地下，则于吾君之子而行吾敬。栖燕不以人去辞巢，贞松不以岁寒改性。宁冒天下之大不韪，而毅然行吾心之所以自靖，斯正吾师之所以大过人，抑亦人纪之所攸托命。任少年之喜谤，今盖棺而论定。

是说康有为报答光绪帝的知遇，“从一而终”，听起来像诸葛亮受命托孤了。 可惜康有为不是诸葛亮，否则近代史还不知是怎么个演法呢。

秋瑾的《秋风曲》

秋瑾最有名的诗句，恐怕就是传说她在公堂上写的“秋雨秋风愁煞人”了。陶成章《浙案纪略》说，秋瑾被提讯时，一语不发，这七个字“不知系何人造作，登之报上”。陶成章的说法仅是自己的推测，并不能作为定论，何况当时有不少挽诗都提到这七个字，如“独清女史孔繁淑”写了四首《用原句足成哭秋瑾》，就有以下这些句子：

“秋雨秋风愁煞人，中原一发系千钧”“秋雨秋风愁煞人，女权终古不能伸”“秋雨秋风愁煞人，心香崇拜自由神”“秋雨秋风愁煞人，茫茫身世劫灰尘”。

秋瑾诗中，用“秋”字及关于秋的意象很频繁，不一定都是发本人愁绪的，如《秋风曲》一诗，就兼用意气昂扬与摇落含愁，意气昂扬如秋月高爽的是革命者，摇落含愁的是清政府。这首诗二十句，共用了十二个“秋”字：

秋风起兮百草黄，秋风之性劲且刚。
能使群花皆缩首，助他秋菊傲秋霜。
秋菊枝枝本黄种，重楼叠瓣风雷涌。
秋月如镜照江明，一派清波敢摇动？
昨夜风风雨雨秋，秋霜秋露尽含愁。
青青有叶畏摇落，胡鸟悲鸣绕树头。
自是秋来最萧瑟，汉塞唐关秋思发。
塞外秋高马正肥，将军怒索黄金甲。

金甲披来战胡狗，胡奴百万回头走。

将军大笑呼汉儿，痛饮黄龙自由酒。

有学者指出，这首诗用了许多典故，有《风土记》、苏轼《赠刘景文》、《诗经·郑风·风雨》、曹操《短歌行》、贾谊《过秦论》、岑参《走马川奉送封大夫出师西征》、黄巢《不第后赋菊》、《宋史·岳飞传》等。我看不必如此胶柱鼓瑟，泥古不化。只要把秋风、秋菊、秋月视作正面意象，指的是秋瑾本人，作为革命的化身，而百草、群花、秋霜、清波、秋风秋雨、秋露、青（清）叶、胡鸟都是反面意象，代表清廷胡狗，诗意就十分清楚了。

或许这首诗就是“秋雨秋风愁煞人”的正解，不是说秋瑾本人含愁，是清廷愁煞摇落之悲了。

奇女子秋瑾

《红楼梦》一开头不久，贾雨村与冷子兴闲谈时，说到几位奇女子，即是后来大观园中诸姐妹，也就是作者一心想借着故事呈现的美好人物。曹雪芹所创造的奇女子是小说人物，是总结人生经历之后虚构出来的，奇固然是奇，却有其文学创造的合理性，可算是具有时代精神，有脉络可寻的“奇”。

历史人物中的奇女子，有时奇得令人瞠目结舌，不知如何归类，是超越了一般理性脉络的奇，超越了时代精神，为人类历史创造了崭新的奇突形象。像唐代的武则天、明末清初的柳如是、清末的秋瑾，都是小说家虚构不出来的人物，只有活生生的真人真事呈现在眼前，才让人相信世间真有这样的人物。

说秋瑾是奇女子，大概还不够，至少得说是“不世出的奇女子”。她胆气过人不说，还时常有惊世骇俗之举。她七岁时就拒绝缠足，而且还以父兄都不缠足为理由，坚持不屈。十多岁就跟舅父与表兄弟学习武艺，练棒使拳，舞剑骑马。她喜欢男子装束，连在绍兴水乡一带都穿长衫，着皮鞋，还经常骑着马招摇过市。

在她抛家弃子，只身前往日本参加革命之前，曾在北京见过服部宇之吉之妻繁子，繁子回忆她见到的秋瑾：“出现在我面前的人，分不清是男子或女子。苗条的身材，额前留着点刘海，黑油油的头发披散着，一身西装。斜戴着一顶蓝色的鸭舌帽，盖住了一半耳朵。蓝色的旧西服，看来不太合身。衣袖过长，雪白纤巧的手稍微伸出袖口，握着一根小手杖。

宽大的裤脚管下露出了褪色的茶色皮鞋，胸前松松地系了一条领带。”

秋瑾在日本时还拍过一张相片，穿和服，手执短剑，大概也是展示革命意气干云。 秋瑾在绍兴轩亭口就义的时候，身着白汗衫，外罩玄色纱衫裤，足穿皮鞋，脚戴铁镣，双手反绑，令人想到谭嗣同就义的情景。

作为奇女子，秋瑾之奇是超越了性别的。 假如她是男人，也是个奇男子。 她自号“竞雄”，其实远远超过了一般男子，应当叫作“超雄”。

吴昌硕

说到清末民初的大画家，一般人最熟悉的就是吴昌硕与齐白石，而白石老人的名声在 20 世纪下半叶似乎盖过了吴昌硕。其实，这两位大师并不尽属于同代，吴昌硕（1844—1927）比齐白石（1864—1957）早生了二十年，而齐又比吴晚去世三十年，其间相差的年岁加起来就有半个世纪了。真要从年岁上来说，吴昌硕和任伯年的年代差不多，该算个晚清人物。可是，为什么说到近代中国画史，论者总以吴昌硕为始呢？

有人说齐白石声名鹊起，是因为 1949 年之后被捧成了“人民画师”，再加上他是木匠出身，劳动人民的阶级地位稳固，是“人民创造历史”的好榜样。因此，名闻遐迩，老妪皆知不说，小学生都知，当然远超过吴昌硕。这是从近半个世纪的政治社会大气候来说的，然而，为什么一研讨起近世画家，论者还是举吴昌硕、齐白石，而从不撇开吴昌硕、独举齐白石呢？

因为吴昌硕对齐白石的影响太明显，也对近代画风的拓展有突出的贡献，是 20 世纪中国画发展的转捩性人物，想撇也撇不开。假如我们说高剑父（1879—1951）和徐悲鸿（1895—1953）是援西画题材与技法入近代国画的拓荒者，则吴昌硕、齐白石、黄宾虹就是从中国传统书画内部脱胎换骨而出的开路人。其中尤以吴昌硕开创的局面为大。

吴昌硕作画以篆书为基础，篆法又来自刻印的体会，对线条的布置与构图的营造有一种特殊的质感追求，也同时企图在平面上展现立体的空间。论者动辄说吴昌硕雄浑刚劲，气势万千，用笔力透纸背，隐然有风雷气，其实都是说的这种立体感。吴昌硕自己的说法是“画与篆法可合并”“画气不画形”，也是说的这种质感表现。

我不禁想到塞尚对自然风景与静物的几何化构图，也是企图在二度空间表达立体（实体）质感的追求。从这一点来说，吴昌硕虽然不曾提倡打破传统，事实上已经开拓了中国绘画表现的新的道路。

吴昌硕作品展

香港城市大学艺廊之前曾展出吴昌硕作品，有书法、画作、篆刻，共五十余件，都是浙江省博物馆收藏的珍品。那次展览的筹备，前后经过一年半的时间，若再加上事先的前奏，差不多有两年之久。有趣的是，前奏的设想，根本不是吴昌硕，而是黄宾虹，后来居然鬼使神差地成了吴昌硕特展。

我个人非常喜爱黄宾虹的画，觉得他寓巧于拙，于棼乱中呈现秩序，给人的艺术感染像太极拳，却又绵里藏针，在关键处刺痛你的审美神经。听说浙江省博物馆藏有五千件黄宾虹作品，包括了他晚年的画稿，当然就想借一批到香港，办个展，让同好一道观赏，可独乐，又可众乐，何乐不为？于是，提早两年就和浙江省博物馆的朋友说了。

清明时节，在杭州西子湖畔，坐落孤山下的浙江省博物馆里，我和当时负责馆务的曹馆长愁对汗牛充栋的黄宾虹作品。珍品太多，不知如何舍弃，是十分头痛的事。虽说“弱水三千，取一瓢饮”，挑个五六十件，放在城大艺廊的有限展厅空间里，也不失为尝鼎一脔之法，但是毕竟难以适当反映这批收藏的面貌，岂不有负宾虹先生？

两个人愁对宝山，喝着刚上市的明前龙井，发了一阵子呆，曹馆长突然想起什么似的，噌的一声站起身来，说新建成的书画馆，正在举办吴昌硕书画展，都是馆藏珍品，去看看吧。

吴昌硕的书画零星看过不少，却从来没有看过这样有系统、精心制作的回顾展，书画篆刻一应俱全，共一百件左右，全面反映了吴昌硕的艺术成就。 曹馆长看我观赏得起劲，特别沉迷于印章，就说，这都是我们自己的收藏，这次特展又仔细做了番研究与安排，你要不要换一下，不展黄宾虹了，展吴昌硕，一切现成，有书有画，还可以选上十方印章。 我说，好啊，捡你这个现成便宜吧。 于是，挑了五十件，就暂不惊动黄宾虹了。

吴昌硕先生就这么来到了城大艺廊，从 6 月中展到了 8 月 18 日。 有劳大驾了，先生。

吴昌硕的双钩兰

在城大艺廊展出的吴昌硕画作中，有一幅《双钩兰图轴》，是1897年画家五十三岁时的作品。若以吴昌硕自己所说的“三十学诗，五十学画”为标准，这要算是一幅早期的作品了。拿来和他晚期的画作相比，这幅画的确不同，在风格上不属于吴昌硕典型的雄浑苍劲；与他其他的画兰作品相较，此幅也少了一些恣肆圆劲之感，而多了几分潇洒妩媚的风神。

吴昌硕自己在画上有一段很长的题跋：“予画粗枝大叶，信笔直写，不欲如小学生埋头伏案，刻意经营。丁酉二月，与友人饮于僧寮。见空院石罅中，围绕皆兰，花叶新抽，清香发越。僧桂岑出示管仲姬双钩兰花卷，其用笔以绵厚见长，非若近世之故作柔弱为神韵也。伸纸拟之，与仲姬所作固相去天壤，而信笔直写之气，仍不失吾故态。宠以诗曰：幽兰如水碧云飞，阵阵香风叩竹扉。笑尔小巫同气尽，山葡萄与野蔷薇。安吉吴俊卿昌硕。”

在这段题跋中，吴昌硕清楚表明自己的画风是“粗枝大叶，信笔直写”，而对于刻意经营的细腻笔法颇为不敬，讥之为“小学生”。他看到了管道升的《双钩兰花卷》之后，非常佩服，但是管道升的风格以细腻淡雅著称，与他的“粗枝大叶”南辕北辙。怎么办？如何品评？这就使吴昌硕不得不重新思考管道升的艺术成就，也对淡雅细腻笔法所能展现的艺术境界重新定位。当然，管道升画双钩兰花画得这么好，绝不是“小学生”，因为她的笔法“绵厚”，就是有底蕴、有气势，虽然细致优雅，袅娜多姿，但绝不“柔弱”。近代走细腻淡雅一路的画家，讲求刻意经营的画家，学双钩兰花的画家，还是“小学生”，因为他们“故作柔弱为神韵”。

吴昌硕还以行动表现了看法，摹写了双钩兰，却自矜不已，说“仍不失吾故态”。不过，他也没说错，这幅画一方面风神飘逸，笔墨娟秀，另一方面则仍然带有豪爽之气。飘逸的兰叶不经意中流露了收敛的古朴趣味，特别是笔锋连而不断，却不是一路飘逸到底，居然有点篆刻的金石气。

吴昌硕论刻印

吴昌硕的篆刻，在近代中国艺术史上有重要的地位。一般都说，篆刻是吴昌硕艺术生涯的根柢；他自己也说，世人称赞他的画好，“其实我的书法胜于画作，而金石篆刻更胜于书法”，十分自矜的。他从小就跟父亲学治印，后来才进入书画领域，而刻印则终身不辍，有不少创新的贡献。他在《西泠印社记》中说：“予少好篆刻，自少至老，与印不一日离，稍知其源流正变。”因为长期浸润其中，在创新的过程中有许多精辟的体会。

配合他对篆刻“源流正变”的理解，这些体会不但超越了他个人的篆刻发展，也超越了篆刻艺术这个领域，而对中国艺术传统的发展前景有启发意义。

吴昌硕《刻印》一诗，第一句就是“膺（赝）古之病不可药”，反对盲目模仿古人，做假古董，认为那是不可救药的。“天下几人学秦汉，但索形似成疲癃。我性疏阔类野鹤，不受拘束雕镌中……不知何者为正变，自我作古空群雄。”别人学秦章汉印，都只学形似，而忽略了艺术的精神在于创新，在于有艺术家本人想象的海阔天空。而他所要追求的，则是上穷碧落下黄泉，尽量拓展篆刻艺术的前沿：“兴来湖海不可遏，冥搜万象游洪（鸿）蒙。信刀所至意无必，恢恢游刃殊从容。三更风雨灯焰碧，墙阴蔓草啼鬼工。捐除喜怒去芥蒂，逸气勃勃生襟胸。……”简直就是印刻艺术的毕加索了。

他虽强调海阔天空，在实地刻印时，却十分讲求章法，注意整体构图，才能气韵生动：“一方印章犹如一个人体，肢体躯干必须配置得当，全身血脉精气尤应贯通无阻，否则就易陷于畸形呆滞，甚至半身不遂。”他还说过，治印如造屋，先要“成屋在胸”，有了整体安排，才好动工。刻印讲究结体，对线条在一定空间内的营造，必须了然于胸，才能一气呵成，气脉贯通。

吴昌硕治印的道理，与中国绘画理论大体符合，有什么特别之处？特别之处，在他身体力行，不空讲道理，而是创造了一批珍品。

议员该打

议员是民意代表，也就是老百姓选出来，在议会中为人民立法质询，监督政府的公仆。“位置何等高尚，品格何等尊重。……当以民为心，无一毫私心存于其间。”然而，在现实政治中，民意代表经常蜕化成为私人利益的代表，视民意如粪土，甚至成为权力腐化的帮闲或帮凶。

切勿误会，我完全不是在批评今天的议员诸公。以上所写，只是读了《陈范予日记》，摘抄他 1919 年 5 月 22 日的感想，因为这一天在杭州的浙江省议会，学生痛殴了议员。此时五四运动刚发生不久，学生的爱国情绪高涨，杭州城里也是游行示威，焚烧日货，支持北京学生抗争，促使政府慰留蔡元培回任北大。到了 5 月 22 日，《陈范予日记》记：“（同学从）省议会电来云：已起事，快快全体来。余亟行，虽气喘力尽而不顾，只在达议院地为念。至则人声喧闹，共入院门而进，守各要津，搜捕议员张洪逵，拖至场中，观者上下皆圜拍手，呼打声，有血气盛者拳累累下身……又搜捕得方殿华……六七人，皆围之质问诟骂，甚者饱以老拳……以民贼之词加之。彼则战栗易色而已。”

怎么回事呢？原来跟五四学生运动没有直接关系。是浙江的商界与教育界要办大学，议员不许，却商议拿教育经费给自己加薪，引起轩然大波。学生痛殴了议员之后，还有一段义正辞严的话，教训挨打的议员：“今者国家大事已至存亡一息之秋，公等岂不知之？犹欲贪心不足，利荣丧心，务要之事而不顾，加薪之事敢出诸口。岂不知钱乃民血钱。余想，公等若是，诚狗彘不若，民贼之乎！”

痛打议员，理由很清楚，因为他们贪得无厌，利欲熏心，猪狗不如，所以该打。此事发生在近一个世纪前，民智初开，议政制度还不完善，所以议员挨了一场好揍。时至今日，情况应该不同了吧？

太不值也

我最近在学校做了一次演讲，讲题是“吴虞打倒了孔家店吗？”讲题是我定的没错，却不是为我自己而定，是量体裁衣，专门为了客座教授唐振常先生而定。因为他研究这位“四川只手打孔家店的老英雄”（胡适赞语），颇有卓识，而且利用了吴虞三十多年的日记，展现了历史人物的血肉风貌。不巧的是演讲前一天晚上，唐先生病倒了，已来不及通知报名参加听讲的二百多名同学，结果是我“作法自毙”，打鸭子上架，自己点戏自己唱。

讲得好不好且不去管他，有趣的是同学居然大感兴趣，纷纷发表意见。学生写的报告，对吴虞在五四新文化运动中的角色，以及吴虞言论思想全盘批判传统，很少论及，却针对了吴虞和生父打架，不准女儿看电影、交男友，又在五十九岁娶了十六岁的小妾，对“老英雄”大加挞伐。同学们觉得，吴老英雄虽然“只手打孔家店”，高举“非孝反儒”的旗帜，勇气无匹，可是同一只手也打了自己的父亲。固然这是“知行合一”的表现，思想与行动并不矛盾，同学却对这种“言行一致”表示反感。

另外一方面，最让同学不满的，则是老英雄宣扬男女平等，反对多妻纳妾，却在望六之年还要娶十六岁的小妾，则是言行矛盾。同学指斥老英雄最严厉的，正是那个“十六岁”，大概是联想到“诱奸未成年少女”的现代法律条文，觉得老英雄应该坐监去的。其实，吴虞自己也觉得不妥。小妾跟他住了一年，请求回家，他慨然答允，嘱其另嫁，并在日记里有所感慨：“徒负纳妾之名，并无纳妾之实，反多惹烦恼，太不值也！”

不管老英雄是否清白，纳妾却是有的，被学生骂得体无完肤，实在“太不值也”。

神经病

章太炎在 1903 年为邹容的《革命军》作序，又作《驳康有为书》，其中痛骂光绪皇帝“载湉小丑，不辨菽麦”，深深刺痛了清朝政府，遂成大狱。结果邹容与章太炎都下了狱，这就是当时名闻中外的“苏报案”。后来邹容瘐死狱中，章太炎则关了三年得释，随即东渡日本。

1906 年 7 月，在东京留学生举行的欢迎会上，章太炎发表了演说，对自己一贯的反满言行做了回顾，总结为“疯癫”，说自己有“神经病”，并大为发挥，阐明神经病对国家社会的贡献：

> 大概为人在世，被他人说个疯癫，断然不肯承认，……独有兄弟却承认我是疯癫，我是有神经病，而且听见说我疯癫，说我有神经病的话，倒反格外高兴。为什么缘故呢？大凡非常可怪的议论，不是神经病人，断不能想，就能想也不敢说。说了以后遇着艰难困苦的时候，不是神经病人，断不能百折不回，孤行己意。所以古来有大学问成大事业的，必得有神经病才能做到。

随后，章太炎就举了苏格拉底、卢梭、穆罕默德、熊廷弼、左宗棠、俾斯麦六人为例，说他们为人行事都是神经病一流，还鼓励参加革命的同志们，“人人个个，都有一两分的神经病”。

王国维在 1906 年写了《人间词话》，其中说到，古今成大学问大事业者，必经过三种境界，先是“昨夜西风凋碧树，独上高楼，望尽天涯路”，然后是“衣带渐宽终不悔，为伊消得人憔悴”，最后是“众里寻他千百度，蓦然回首，那人却在灯火阑珊处”。王国维说的三种境界，其实是三个阶段，是成大学问大事业的过程。章太炎则直截了当得多，说只有神经病才能做到，才能先知先觉，见人所未见，才能百折不回，九死未悔，一意孤行。

王国维是近代的大学问家，到后来还自沉昆明湖，“义不再辱”。虽然政治态度与章太炎南辕北辙，以章太炎的标准来看，大概也算个异类的神经病。

章太炎的情书

章太炎在民国二年（1913）结婚，娶汤国黎女士，住在上海。此时民国虽已成立，袁世凯却逐渐暴露其称帝的野心，加以反袁的“二次革命”失败，国是日非，使得章太炎忧心不已。他听信北京共和党人的号召，以为联合各党的力量，仍然可以拯救共和体制，因此结婚才一个多月，便毅然离开新婚妻子，北上救国。然而，这一去便投入虎口，被袁世凯软禁了三年。

刚到北京时，章太炎写家书报平安，情意绵绵，却用极为传统的保守收敛文字，读来十分有趣。全文如下：

> 汤夫人左右。不佞初十抵津，已有电报，十一早入京，驻化石桥共和党本部。都下戒严，人情汹扰。闻南京又倡独立，翻云覆雨，可谓出人意表。吴淞恐有大战，家居务宜戒慎，一切可询问严先生，庶无惶遽不安之事。夏秋代嬗，天气新凉，宜自珍重。勿多啖瓜果凉水，开窗当风而卧。临纸神驰，思子无极。章炳麟鞠躬。十一日夜。

现代人读起来，是不是会感到别扭？怎么称新婚的妻子“汤夫人”，称自己为“不佞”呢？怎么落款是“章炳麟鞠躬”呢？岂不是冬烘先生写八股家书，以高头讲章代替亲昵的感情吗？林觉民与妻诀别，都写的是“卿卿如晤”，亲爱的感情流露笔端。章太炎怎么板着脸写家书呢？这怎么算情书？何来的情意绵绵？

现代的新新人类，大概会这么写：“我最亲爱的老婆国黎妹妹啊，你最亲爱的老公在初十日抵达天津……最最爱你的炳麟，最钟意你，吻你吻你。 十一日夜。”

像话吗？ 像国学大师革命元老章炳麟的话吗？

然而，章炳麟的家书虽然没有爱啊爱的字样，却实在是情意绵绵的。 你看，他刚到天津（乘船抵岸），就打电报回家，一到北京就写信。 北京戒严，他就怕上海打仗，担心汤国黎的安全。 想到季节变凉，就怕她吃生冷闹肚子，又怕她开窗睡会受凉。“临纸神驰，思子无极”，不是刻骨铭心的相思吗？

京师警察厅来函

章太炎被袁世凯软禁在北京，长达三年之久（1913—1916）。1915年9月，在北京陪伴他五个月的长女，抑郁自杀，使太炎十分激愤，家书中写道：“仆则生趣久绝，加以悲悼，益不自支持矣。”（9月10日函）又说：“两日中连接浙中友人电报问安，盖伪传吾已死也。此虽虚语，然事实亦不相远。吾人生死问题，正如鸡在庖厨，坐待鼎镬，惟静听之而已，必不委曲迁就，自丧名检也。”

负责监视章太炎的京师警察厅大概感到太炎情绪不稳，怕出事，便在10月8日发了一封公函给太炎的夫人汤国黎，劝她以后写信给太炎，“似应格外留意，多用慰藉宽解之词，以开导其郁结”。京师警察厅致函汤夫人，是怕太炎再受刺激，用心可能是好的，但行文措辞粗暴无礼，更语带威胁，完全鹰犬嘴脸。即使最初动机有一丝善意，公函的语气则一扫其伪善的假笑，露出了狰狞的面目。

信是这样开头的：“径启者。前因章太炎君患神经病症，举动乖张。政府眷念前劳，恐其罹于非祸，交由本厅特别看护，实出于保全太炎之意也。”是说章太炎有神经病，所以软禁起来是为他好，是给予特别优待的保护。

“不意太炎先后径寄女士二电，阅其词意，异常荒谬，自非神经，别有感触，安得有此种电文？”警察厅发现太炎有激愤之语，再次强调他神经病复发了。因此，要汤夫人多用宽解之词来开导太炎，“使彼无所枨触，庶几悖谬言词，不至形诸笔墨”。否则，开始威胁了：“否则扰乱治安，国有常刑。

与其维持于后，曷若防范于先？”也就是说，最好劝章太炎少讲话，不要乱讲话，否则就严正典刑。等到出了事再来打点安排就晚了，何若现在先防范着，别让他胡说八道，“扰乱治安”？

我们很难想象太炎丧女之后的激愤之词，如何会“扰乱治安”，但在京师警察厅眼里，这种感触就有越轨的危险性，以至发出公函，威胁汤夫人以后言语要小心，否则……

梁启超演讲

最近有作家到香港城市大学演讲，讲完之后听众发问，有人问到粤语写作的问题，意谓若须以“规范语言”来规约方言，则“老广惨了”。 该作家不反对以粤语创作，但认为需要有大作家来开创及丰富粤语文学，使方言成为有价值流传的文字，才可传之不朽。

这就让我想到清末民初的几位重要历史人物，都是广东籍：南海康有为、新会梁启超、香山（中山）孙中山。 他们都著作丰硕，影响遍及全中国。 康有为用的是文言，梁启超用半文半白的“启超体”，孙中山则经常用语体，都是全国流通的书面语，不用家乡粤语方言写作，因为他们心目中的读者分布全中国（乃至世界）各地，希望自己的著作与主张能够做最广的流传。

他们若是演讲，是说粤语，还是讲“官话”（即当时的普通话）呢？ 想来必是看情况而定。 假如听众全是老广，大概可操粤语，若是出了粤语流通圈，想必是讲“广东官话”的。有时拟想康有为初见光绪皇帝，要操着广东腔的官话，费着劲咬字吐腔，来说服皇帝实行变法，真不是简单的事。 孙中山用“官话”演讲的录音我听过，虽有广东腔，但一般人都可以听懂的，比蒋介石与毛泽东的发音都要高明。

近读史学家陈登原回忆梁启超演讲的文章，说到梁启超在1924年到南京东南大学讲学，学校开欢迎会，大礼堂挤得满满的，连窗槛上都坐了人。 校长介绍之后，“启超致答词，余实未解所言云何。 启超本口吃，又半杂粤语。 散会之后，以问同舍生，同舍生亦疑莫能详焉”。又过了一段时间，“校中举行云南起义纪念会，以启超身与其事，又邀其作讲演。启超在台上，东蹦西跳，手足皆动，操粤语更甚，与会者益为不解，第闻蔡公蔡公”。

梁启超演讲，或许是口音太重，或许真的是兴奋了就“操粤语更甚”，反正听众只听到了蔡公蔡公（蔡锷），其他都听不懂。听不懂，只好看动作，就只看到“东蹦西跳，手足皆动”了。

太虚答问

太虚法师曾经在美国宣讲过佛学，因为不会英文，需要翻译，由当时留美学心理学的沈有乾任口译，事后记了几段趣事。

太虚在康涅狄格州哈特佛（Hartford）演讲时，有个中国学生要请他讲解一本佛经（大概是《金刚经》），他回答得倒是爽快："你不会懂的！"翻译没翻这句话，心想反正洋人也不懂，译出来有伤情面，不必翻了。

一般人遇到这样的问题，大概总要敷衍两句，如一时三刻说不清啦，其中牵扯的问题太多啦，或提纲挈领，给他个一字真言"空"，或是更有些耐性，稍作说明，指点迷津。太虚法师则反是，一句话打回去，大概也算"当头棒喝"吧，强不知以为知，是愚；完全不懂，毫无根柢而问道，说了也不懂，干脆不说。

不过，我倒是觉得翻译该译出来，也许有慧心的洋人，能够领悟机锋，由此得窥法门，进而入道，也是可能的。

太虚在哥伦比亚大学演讲后，有位老太太发问，美国对于佛教有什么贡献？翻译译了问题，心中颇为着急，不知法师如何应付。谁知法师不慌不忙地答道："美国的贡献尚在将来。"

这就不单是机锋了，而是对人类前景的展望具有特殊的洞察力，显示了佛学累积的智慧，有贯通三世的能力，而太虚法师显然是位有道高僧，能多少预知世界大势所趋。1920 年的美国，对佛学与佛教信仰，当然说不上贡献，到了 2001 年，再回头看，美国不但佛教庙宇兴建了不少，连好莱坞都有不少明星皈依佛教了。

佛教说法有方便法门，为不同根性的善知识说不同的道理，但又万变不离其宗，说人生是苦，看着来世，修行今生。太虚法师到美国说法，是讲给完全不通的美国人听，主调应该是深入浅出，为下乘人讲道。但是遇到问题，也就是可以指点迷津的时候，法师就不跟你玩幼稚园躲猫猫的游戏了。当头棒喝打下来，直指心性，毫不含糊。

不知道听者是否开悟?

六艺之道

当代的新儒家时常强调，儒学精神不只是属于过去，不只是属于传统中国，也是属于未来，属于全世界的。套句儒家正统语言，就是“放之四海而皆准，百世俟诸圣人而不惑”，是空间与时间都没有界限永无尽藏。最重要的一点，是要说儒家的发展是普世人性的探讨，不是中国人关起门来做皇帝，自拉自唱自己过瘾，为满足民族自豪感而发挥国粹。

马一浮谈论六艺之道统摄一切学问，主要也是说的这一点，即是儒学发展是为了丰富全人类的精神财富。他在《泰和会语》中说：“今日欲弘六艺之道，并不是狭义的保存国粹，单独的发挥自己民族精神而止，是要使此种文化普遍的及于全人类，革新全人类习气上之流失，而复其本然之善，全其性德之真，方是成己成物，尽己之性，尽人之性，方是圣人之盛德大业。”

他怕现代人看不起六经的学问，便援引了一批近代西洋思潮的主流概念，重新阐释六经的意义，为圣人之道重新定位：“六艺之道是前进的，决不是倒退的，切勿误为开倒车；是日新的，决不是腐败的，切勿误为重保守；是普遍的，是平民的，决不是独裁的，不是贵族的，切勿误为封建思想。要说解放，这才是真正的解放；要说自由，这才是真正的自由；要说平等，这才是真正的平等。西方哲人所说的真、美、善，皆包含于六艺之中，《诗》《书》是至善，《礼》《乐》是至美，《易》《春秋》是至真。”

这里的概念，全是西方启蒙运动之后发展出来的，套来阐释儒家传统当然可以，可是马一浮的本事是套用之后，再翻转过来告诉你：看，我们儒家传统多好，一切都“古已有之”，“不假外烁”。说六艺之道蕴含了古人长期探索而累积的智慧，没错；是古人追求精神领域的拓展与超升的见证，也没错。但是，要说六艺之道包含了一切未来的发展，“不假外烁”，不因西学的影响就可以为人类带来解放、自由、平等，则有概念偷换之嫌。

当然，对教主来说，概念本天成，拿来就可用。

马一浮论六艺

马一浮（1883—1967）是20世纪的一位醇儒，近年来颇受推崇，时常与梁漱溟、熊十力并列，被誉为20世纪的三大儒宗。在香港，认识马一浮学术的人较少，或许因为五十年代以来本地发展出几位新儒家，转移了人们的注意。更可能是因为马一浮有点像孔子描述的颜回，“居陋巷，人不堪其忧，回也不改其乐”，与世无争，不求闻达，连著述都奉行孔子的“述而不作”，当然就少为人知。

马一浮崭露头角于清末，曾一度崇尚西学，早在1903年就到美国求学，认为共和革命是中国的光辉前景，只要效法西方就能解决中国的纷乱与落后。民国成立之后，政治上军阀纷争，社会上道德解体，人心惶惶，心理秩序崩溃，使得马一浮重新回到中国传统文化的探索，归宗儒学。他自己说：“余初治考据，继专攻西学，用力既久，然后知其弊，又转治佛典，最终始归于六经。”

马一浮强调六经是一切学问的根本，曾提出“六艺之教可以统摄一切学术”，企图重新确立民族学术的信心，寻回文化认同的根基与自信：“六艺不惟统摄中土一切学术，亦可统摄现在西来一切学术。举其大概言之，如自然科学可统于《易》，社会科学（或人文科学）可统于《春秋》。因《易》明天道，凡研究自然界一切现象者皆属之；《春秋》明人事，凡研究人类社会一切组织形态者皆属之。”

讲得简单直截，而且充满了自信，一派教主宗师讲道的口气，好像天下学问不过如此，一以贯之，六经而已。我总是觉得，这不像研讨学问，倒像耶稣释迦得道之后，“一览众山小”，是在传教。信众当然可以再做发挥，如相对论与量子力学出自《易经》，一切人文社会科学的认知与阐释都出自《春秋》。甚至还可以说维柯的《新科学》也是儒学的支裔，因为马先生说过儒学有《易》与《春秋》之不同范畴，统摄天下学问。

只要你信，马一浮就是宗师。

钱穆反对罢课

钱穆在苏州省立中学教书时，遇到了一件怪事，到八十岁写回忆录时，仍然记忆犹新，耿耿于怀。他 1927 年秋天开始执教苏中，并担任最高班的班主任。有一天班上的同学来告诉他，以前学校发不出薪水之时，受同学尊敬的老师一定请假缺席，不来学校上课。照常上课的老师，都是学生看不起的。钱先生是受到大家尊崇的，可是现在学校欠发薪水，为什么只有先生一人教学不辍，不肯停课？同学们都感到诧异，十分不解。

钱穆听了，大吃一惊，说学校欠薪，是暂时的事，怎么可以停课呢？同学的课业，有关诸生的前途，停课岂不是耽误了同学？

过了几天，同学又来告诉钱穆，说班上已经决议罢课，要派代表去南京，向政府催发薪水。钱穆就说，这应该是教师催学校，学校催政府的事，与学生有什么关系呢？同学回答："学校催发，政府不动心。必由学生催，始有效。"钱穆却认为学生应当以学习为重，不要参与太多社会政治活动，因为政治活动太复杂，容易被人利用。学生则说，罢课是班上民主公议的决定，已决定了，就得执行。又过了几天，果然罢课了。

钱穆觉得自己担任班主任之职，却没法约束自己的学生，便引咎辞职，不肯当班主任了。后经校长恳请，并说已经训斥了学生，钱穆才答应留任。学生也表示了悔悟，答应以后一定会事先请示，不再自行决议罢课行动。

钱穆最得意的是，因为这件事，“学校风气亦逐有改进，与初来时迥别。时诸生所称请假缺席为学生素所崇拜之诸师，尚多留校任教者，态度言论亦迥然与前相别”。

钱穆得意，因为学校风气改进，学生不再罢课，是由于他坚持原则。言下之意，是批评那些一欠薪就请假停课的老师，完全忘了自己的职守，利用学生作为索薪的工具。

幸而钱先生的时代早，大家都没听过“工业行动”这一词。否则，那些受同学尊敬的老师，大可堂堂正正倡导“教学行动”来怠工。

不过，现代的学生很难说，或许巴不得老师请假停课呢。

吴宓画像

最近买了一本温源宁的《一知半解及其他》，是辽宁教育出版社“新世纪万有文库”第五辑的一种，普及本标价人民币五元。该书其实是中文译本，因为原著是英文，1935年在上海出版，书名*Imperfect Understanding*。这书名很俏皮，以前曾有钱钟书译作“不够知己”，也有人直译作“不完全的了解”。译成“一知半解”，虽然行文自然，但也会让人误以为是本谈读书的作品，而不知道这本书其实更像《人物志》《世说新语》，以英国小品的笔法为近代人物作隽永的速写。所以，钱译“不够知己”，是比较贴切内容的。若是不在乎书名与内容的直接关联，希望引起读者的迷惘与好奇，为了寻根究底，而翻开书页，则五柳先生的“不求甚解”四字作为书名也不错，因为暗含了些魏晋风度。

第一篇是《吴宓先生》，南星的译笔十分流畅：“吴宓先生真是举世无双，只要见他一面，就再也忘不了。”同篇还有一九三四年成书之前的林语堂译文，这一段译成：“世上只有一个吴雨生，叫你一见不能忘。”译笔直截了当，却有一种亲切感。

吴宓长什么样呢?

南星译文：“吴先生的面貌呢，却是千金难买，特殊又特殊，跟一张漫画丝毫不差。他的头又瘦削，又苍白，形如炸弹，而且似乎就要爆炸。头发好像要披散下来，罩住眼睛鼻子，幸而每天早晨把脸刮干净，总算有所修整了。他脸上七褶八皱，颧骨高高突起，双腮深深陷入，两眼盯着你，跟烧红了的小煤块一样……”

林语堂译文：“雨生的脸倒是一种天生禀赋，恢奇的像一幅讽刺画。脑袋形似一颗炸弹，而一样的有爆发性，面是瘦黄，胡须儿有随时蔓延全局之势，但是每晨刮的整整齐齐，面容险峻，颧骨高起，两颊瘦削，一对眼睛亮晶晶的像两粒炙光的煤炭……”

你觉得哪一种译笔好呢？南星的译文似乎更接近原文，而林语堂八十多年前的译文则生动活泼得多。你喜欢哪一种呢？

金文泰上任

牛津大学的罗兹图书馆（Rhodes House Library）坐落在一片青翠之中，穿过浓绿的树荫与草地，就是古色古香的石墙与厚重的木门，像古代的武士穿上了盔甲，横戈驻马，等待心仪的美女从草地的彼端轻盈地走来。

这是一方发思古幽情的院落。秋天的阳光温馨拂过金黄的树叶，深情脉脉，倚在粗壮树干上，散发收获季节的芳香。

我却坐在图书馆里，坐在微缩胶卷机器前面，蹙着眉头，凝神注视着胶卷里模糊的字迹，看1925年底香港总督金文泰（Cecil Clementi）呈报给英国政府殖民总部的机密文件。文件的开头，都标示“机密”，内容则涉及省港大罢工之后英国为了维持香港殖民统治，煞费苦心，搜集情报，联络广州革命政府，企图解除革命势力扩张的威胁。

金文泰是1925年上任的，11月1日到达香港，便发现情况不妙，很快就认识到，广东新政府是个棘手问题，为省港大罢工撑腰，直接威胁了英国在香港的殖民统治。密件显示，金文泰十分机变灵活，刚上任就积极部署，透过各种渠道，联络广州新政府，到12月19日，广东政府主席汪精卫终于有了回复，派财长宋子文秘密到香港与金文泰会商。会后，金文泰派辅政司弗莱彻（A. G. M. Fletcher）陪宋子文回广州，再与汪精卫商谈如何化解省港大罢工的细节（见Mss Clementi第一函，1925年12月22日密件）。

23日，金文泰又发了一封密件，详细表述了他对形势的看法。他指出，新政府是个俄国式的苏维埃政权（a Soviet of

the Russian type），接受俄国的资助与军援，弹药补给都来自海参崴。他对新政府的领导群做了细致深入的分析：陈公博与谭平山是“赤色分子”；遭到暗杀的廖仲恺也是“赤”的；汪精卫与宋子文不“赤”；蒋介石掌握军队，与俄国关系密切，但态度暧昧，还不晓得“赤”不“赤”（12 月 23 日密件）。

看着看着，眼睛发花了。历史透过模糊的字迹，逐渐浮现出清晰画面。

金文泰的手腕

金文泰处理省港大罢工威胁香港的危机，可谓老谋深算，而且极有手腕，用现代人的说法就是“有两把刷子”。

他在 1925 年 11 月 1 日到任履新，任香港总督，马上发现，省港大罢工的矛头针对英国殖民主义，港府与广州的英国领事馆已经信息不通了，而领事馆又与广东新政府成了“断绝往来户”，情况非常严重。他原先冀望广州总领事 James Jamieson 可以和革命政府先做联系，再细谈解决之道。结果此路不通，总领事根本大门不出，二门不迈，理由是怕被人暗杀（廖仲恺才遭暗杀不久），躲在领事馆里当他的 Sir James，静观其变。

金文泰看看拖不是办法，就邀 Sir James 南下香港。总领事虽然不敢进广州城，却欣然南下，于 11 月 11 日来到英国治下的香港。两人商谈之后，是金文泰出面，由香港直接联络广州政府，消弭大罢工造成的政治危机。

金文泰的第一步，是马上到香港大学去演讲。他挑的日子是 11 月 11 日，第一次世界大战结束纪念日，充满了象征与暗示，希望省港大罢工结束，也希望广州与香港的敌对气氛能够消除。

在演讲中，他特别提到他是港大校长，关心学校发展，而且他本人参与港大创校，有着深远的渊源。听起来好像新总督真是关心高等教育发展，真是个好校长，才到任十天，就急急忙忙对师生演讲，鼓励大家遵循孔孟之道。然而，看看他发给英国政府的密件（1925 年 12 月 13 日），原来演讲的目的是“向广州政府表示友好，建议既往不咎，结束抵制行动，恢复港穗友好关系”。因此，这个校长不但利用港大玩政治，而且说玩就玩，一天也不拖。

演讲完，金文泰就写信给广州政府，邀请新政府领导人访港。又发动香港的华商和省城的商人进行会谈，促使罢工结束。11月20—25日，广州商会代表访港，金文泰又大下功夫，热情招待。不久之后，汪精卫有了反应，宋子文亲自访港。这位港督校长纵横捭阖，手腕高明，真有两下子。

港督兼校长的演讲

金文泰（1875—1947）莅任港督，于 1925 年 11 月 1 日抵达香港，十天以后就向港大师生演讲。表面上看来是港督履行他兼任校长（chancellor）的职责，关心高等教育，谆谆教诲青年学子心无旁骛，用功读书。实际上，金文泰的演讲是“项庄舞剑，意在沛公”，充满了政治影射与权谋，企图借着教育文化之名，向广州的革命新政府抛媚眼，以婉转的方式进行对话。目的很清楚，立场也坚定，就是停止省港大罢工，消除民族主义与经济制裁对香港殖民统治的威胁。

这篇演讲刊登在 11 月 12 日的《南华早报》上，标作休战日（Armistice Day）纪念讲话，也是“此地无银”的暗示。讲话不长，但起承转合，极有技巧，既有明说的，也有暗示的，一方面献媚，同时又信誓旦旦，保证天荒地老，此情不渝。可以当政治权谋的范本读，也可以当调情圣手的情书看。同时让我们明白了，原来英国殖民统治的高明与巧妙，就像妻妾成群的西门庆，威胁利诱，无所不用其极，但同时还会灌迷汤，说他爱你，没有你就活不下去，骗得殖民地的子民晕乎乎的，神魂为之颠倒，乖乖奉上了肉体与灵魂。

不信？那就看看他是怎么讲的。

一开头，他先讲自己与港大的渊源，参与港大的创校，得过港大的荣誉学位，现在回来了，一家团圆了，真幸福呀，真美好呀。话锋一转，说同学们都爱护母校，都不参加破坏教育与社会秩序的罢工罢课。然后就谈教育，教育是什么呢？就是为了人类的理想，就是儒家的“仁”，而罢工罢课都违反了“仁”。再来就盛赞孔孟之道，鼓励同学仔细读读儒家经书，因为其中自有治国平天下之正道，比布尔什维克的“邪说”（poisonous doctrine）高明太多。最后说到今天是休战日，大战期间中英携手合作，同甘共苦，英国对中国的友谊，“特别是对广东人”（the Cantonese in particular）更是如此的真挚。因此，合则双赢，离则两伤。携起友谊的手吧。投之以木桃，报之以琼瑶。令人听了之后，是不是晕陶陶的？

金文泰赴宴

在牛津大学翻阅金文泰档案，偶尔遇到中文资料，经常十分有趣。细思起来，整批档案资料都是金文泰任港督时所存，卸任以后稍做整理，捐赠牛津大学罗兹图书馆的。因此，偶尔出现的几件中文资料，凤毛麟角，却并不完全是为了猎奇，而是因为金文泰特意保留，是有特殊意义的。在别人看来，不一定有重要的历史意义，却是他个人经历中值得保存的记忆。

有一份资料是关于他 1927 年 7 月 10 日中午到屯门曹园去赴宴的。档案中存有两份请帖，一份是手写的，毛笔字工工整整；另一份是铅字印的，当然也是工工整整。请帖上写着："谨于 7 月 10 日上午 11 时假座新界 / 屯门曹园洁觞消夏恭迎 / 制军大人 / 宪驾惠临曷胜 / 光宠 / 伍华、谭少伟鞠躬。"

称香港总督为"制军大人""宪驾"，沿用的是清朝规矩，只是不晓得宾主相见之时，是否称总督为"金中堂"？金文泰的中文不错，应当是了解中国官场称谓礼仪的，想来收到请帖时，必定读之莞尔，把愉快的记忆立档留存。

档案中还有这次消夏盛会的菜单与同席题名。菜单列了八道："一、清汤免底翅；二、蟹扒鲜菇；三、红皮片鸡；四、红花鸽蛋；五、虾子笋尖；六、茄汁斑球；七、点心四色；八、甜山渣（楂）奶露"，是典型的广东菜。题名录有好几十人，英国人当然是签的英文，中国人则有的签中文，有的就留下了英文签名式，颇让我们研究历史的伤脑筋。金文泰的签名当然是英文，而且是头一个，倒是好认。

主办宴会的还印了一份“秩序表”，也有趣：“一、宾主齐集曹园恭候；二、制军至，宾主联队出门迎（奏乐）；三、制军入门，门外燃放爆竹；四、迎制军入凉亭少憩；五、入席（奏乐片时）；六、散席起（奏乐片时）；七、自餐室出场就拍照；八、游览全园风景；九、送制军出门（奏乐）；十、制军车起行（燃爆竹）。”

不知道屯门的曹园是否犹存，今天的光景如何？

金文泰掉书袋

金文泰担任香港总督，是 1925 年年底到 1930 年，正是国民革命军酝酿北伐，国共合作，到北伐成功，国共分裂，蒋介石建立南京政府之时。从上任开始，他就面临纷纷扰扰的政局，担心省港大罢工工潮扩大，担心广州政府变成苏联的附庸，担心广州的革命热情成为一颗定时炸弹，担心内战会波及香港，担心大英帝国的前景。

1926 年 10 月 15 日，金文泰做了一次演讲，希望中国不要内战，对现代中国人忘记古圣先贤的教训，只知道打打杀杀，颇有微词。在这篇演讲中，他一口气引了四段古训，像三家村的塾师教导学童一样，要中国的军阀多想想古人对战争的谴责。他显然对自己能够一口气连引四段古训非常得意，在整理好的演讲稿中，不但有英译，还特地附上了中文原文，也不知道是预备给谁看的。给军阀？给香港政府的属下？还是给历史研究者（如我）？总之，他心中一定是十分得意，对自己的中文水平满意极了。

金文泰引的第一段话，来自公元前 5 世纪的孙子，“There is no instance of a country having benefited from prolonged warfare（夫兵久而国利者，未之有也）”。接着就引战国时期孟子的话，“There are men who say ‘I am skilled in warfare. I am skilled in battle.’ They are great criminals. Those who are skilled in battle should suffer exemplary punishment（有人曰，我善为阵，我善为战。大罪也。善战者服上刑）”。又引了老子之言，“Where the soldiers march, there the thornbrake grows. In the rear of the great army comes inevitably the year of famine（师之所处，荆棘生焉。大军之后，必有凶年）”。最后，他明确指出，他是借古讽今，引了曹松的一句诗：“The bleaching bones of a myriad men make the fame of a single general.”没错，他也附了中文：一将功成万骨枯。他心中想指责的，当然是这时意气风发的蒋介石。

看来金文泰似乎中英文俱佳，两文三语运用自如，可以在翻译系当个胜任的教授。

赖际熙太史

由于我自己的工作职责，对香港初期大学的中国文化教学情况深有兴趣，逐渐发展成了研究的项目。我最感兴趣的是，20世纪前期，当港英殖民政府还能掌控一切政治与经济资源之时，为什么要在香港大学创建中文学院，为什么要进行中国文化教学？更进而要问，港大是当时港英殖民体制的一部分，创建中文学院的港督金文泰怎么考虑中国文化在香港的定位？课程是怎么设置的？与国内大学有什么异同？参与创建中文学院的有哪些华人？其意识形态与文化心态如何？

近来见到赖恬昌先生，跟他说起我的兴趣，并提到他的尊翁赖际熙——早期中文学院实际策划与教学的人。赖先生很高兴，说一定寄本书给我。没过几天就收到了一本印刷精美古雅的《荔宅文存》，其中收集了赖际熙的各体文章，还附了六首诗。其实，这本书我已有了，不过，赖太史哲嗣亲赠一本，还是别有意义。

赖际熙（1865—1937），字焕文，号荔宅，是广东增城人。光绪二十九年（1903）成进士，钦点翰林院庶吉士，后来曾任国史馆纂修、总纂，所以称为太史。民国以后，侨居香港，可以算是清朝遗老了。他心目中的中国文化，当然是传统的经史子集与孔孟老庄，并不因侨居香港而受到西洋文化的冲击。

这是个很有趣的现象：在英国人辖治下的香港，中国文化教学基本保持了传统的课程，读的是传统的经籍。倒是在中国内地的大学，因晚清以来的文化巨变，更加上新文化运动推波助澜，中国文化教学的方法与内容都发生了变化。

不过，赖太史绝不是老古板，对学术的态度也十分开放。在《香港大学中文学会辑识第一期序》中，他说："学问之事，首在集思广益，古今一也。"并说古代书院的文集，限于一家之说，未免偏狭，主张新的会刊要"兼采时彦之高文，范围渐广。埏垓既辟，风会日新，事业增进，月异而岁不同。而文章著作，亦愈恢而愈广，自非墨守一师之说，足以肆应此更迭之世局"。

太史毕竟是有历史眼光的，时代在变，不能墨守成规了。

欧基芙

乔治亚·欧基芙（Georgia O'Keeffe，1887—1986）是美国画坛别树一帜的大画家。近年来关于她的著作出版了不少，大多数是画册，也有一些画家生平与画作的研究。我曾翻看过一本她的传记，写得颇为详尽，把她交往的艺术圈，特别是纽约的一批艺术家，追求艺术创新的苦心孤诣，描述得十分深刻。我还记得有一段引欧基芙自己的话，对自然客观真实的观察，颇能发人深省。大意是说，自然之美是画家无可超越的，但是，画家之为画家，画家之所以能够在艺术上有所创造，就是通过自己的特殊感受，安排自然呈现的美。因此，艺术呈现是写实，但一定是通过个人心灵的体会来写实。

欧基芙的话，简直像写实主义的理论，但是，她的画作却一向被人标作印象主义、象征主义、现代主义、抽象写实主义……不一而足。其实，在画家本人心目中，这些标签都不重要，随便画评家说什么，画家心中要笃定一个目标：画自己感受最深的自然景物与人事情景。

欧基芙是个善用色彩的画家，她的画作不论是风景或花卉，都用色彩鲜明、对比强烈的颜色，给人一种色彩震撼的感觉。她曾说："色彩是这个世界的伟大东西，让生命值得活下去……我觉得，绘画是我用色彩为世界创造同等价值的努力——创造我看到的生命。"

我一向欣赏欧基芙的画，但仅止于欣赏，并没有太深刻的感受。偶尔有点审美的感动，也多属于形式与呈现的手法，或是色彩浓丽对比方面。对我来说，欧基芙只是个性鲜明的画家，至于她的心灵活动，我则不甚了了。

最近和太太去了一趟美国西南峡谷沙漠地带，穿越亚利桑那州，经过了石化森林国家公园，看到了蓝色台地的奇景，真是色彩缤纷，匪夷所思，对造化之工有了更强烈的崇敬。

随后到了圣塔菲，参观了欧基芙美术馆，开始体会画家“造化心源”的创作过程了。太太指着一幅画，“这不是我们才看过的蓝色台地吗?”没错，我们的心灵感受与欧基芙差不多。

开发大西部

从新墨西哥州的圣塔菲往北走，车行两小时，就进了科罗拉多州的大山。已经是初夏时节了，远处的山峦却仍然罩在冰雪之中，隐隐约约和浮云衔接，让人闹不清云层与巅峦的分界。有时晴空万里，一丝云彩也没有，才清楚看到峰峦连绵不断的积雪，以及落基山慑人的威势。皑皑山上是雪，不是白云。

我们在山口住了一夜，是一个小镇，名曰千里达，与加勒比海的岛国同名。此地为什么取名千里达，我始终没弄清楚，只知道是美国西部开发史上圣塔菲驿道的重要关口。小镇颇有古风，在山坡上铺设了红砖的马路，有不少年纪逾百的老房子，还有一栋维多利亚式的豪宅，已经改成当地的历史博物馆。想想当年西部开发之时，人们赶着篷车，翻山越岭，筚路蓝缕，迈进这一片山峦谷地，那情景当然是充满了豪情与憧憬，就像好莱坞西部片所描绘的：眼前是秀丽的雪峰，青翠的山谷蜿蜒不尽，在远处有一片平芜。戴着牛仔帽的男主角挥舞马鞭，展露潇洒的风采，回首向着篷车边上美丽的女主角微笑，好像在说，看，这就是我们的乐土，幸福的未来。

然而，美国史上的千里达却不尽是这种田园牧歌式的情景。从印第安原住民的角度来看，这一带的抢掠与杀戮都是白人入侵的结果，而且血腥屠杀的场面往往不是好莱坞所编造的印第安人杀白人移民的老弱妇孺，而是白人军团大举进攻，残杀原住民，老弱妇孺也不放过。

千里达不只见证了美国西部开发的种族冲突，还见证了白人移民的阶级冲突。20 世纪初此地金矿及煤矿业兴盛，工人组成了工会，和矿主闹起罢工斗争，要求每日工作八小时，以及保证矿坑中的安全设施。从 1913 年秋到 1914 年冬，矿工及家属在矿区搭起了帐篷，举行了长期罢工抗争，直到 1914 年 4 月，州政府军队介入，在勒德劳发生流血冲突。在清除帐篷营地的过程中，死了五名工人、一名军人。但事后却发现，在焚毁的营地里，还烧死了两名妇女及十一名儿童。这就是美国劳工史上的“勒德劳屠杀”。

山区青翠如昔，却有过血腥的历史。

学美国史

在大学修读美国史，那是数十年前的事了。教授是来自密歇根州立大学的客座教授，作为傅尔布莱特学者（Fulbright Scholar）到台湾进行中美学术交流的。他来得匆匆，并没有准备足够的教科书，又不懂得台湾盗版教科书以利学子（当然更利书商）的风俗，只好向台北的美国新闻处求援。美国新闻处是国家宣传机构，在宣扬美国立国精神方面当然是不遗余力，于是，便免费提供给选课同学美国史教材。我上了四年大学，只有这一门课的教材是完全免费，而且是印刷精美、图文并茂、中英对照的大型开本图书。

当时得了好几本书，印象比较清楚的有两种，一是美国通史，二是美国文献选辑。读来读去，美国历史就是那么二百多年，从清教徒“五月花”殖民新大陆开始，独立战争，革命建国，开发西部，南北战争，到工业建设，商业发展，最后参加两次世界大战，成了世界第一强国。读来读去，就是以盎格鲁-撒克逊民族为主的欧洲白人拓殖新大陆的光荣史。五月花抵达马萨诸塞的普利茅斯之前，好像美国是没有历史的。有印第安人，那是蛮族，没有文明，所以不配有历史？印第安人就像是美洲的山河大地，草木原野，是背景，是有待征服的自然环境，像大草原上奔腾的野牛，像荒野中嗥叫的狼群，是要用来复枪与骑兵队来对付、来剿灭的。

印第安人没有历史吗？他们是美洲的原住民，生息在新大陆上至少有一万至两万年之久，生活的经历与过程不是历史，不值得一提吗？我还记得，我们那一班同学，没有人问过这个问题。教授也从未提起，只是按照美国新闻处的教材，给我们讲授了一年的美国“奉天承运”（Manifest Destiny）精神。

多少年后，我在美国大学的历史系教书，参与了历史教材修订的工作，才发现这问题在美国史教学中是严肃的意识形态问题，已经争论好几十年了。只是，我做学生时，那位客座教授，连提也没提过。

西部的杀手

在美国西部开发的过程中，欧洲来的新移民，驾着篷车，穿过中西部的大草原，跨入科罗拉多高地，沿着驿路，向西挺进。往西南方向，有圣塔菲驿道；向西北，则是奥瑞冈—加利福尼亚驿道。根据移民史家的研究，通过这条西北驿道移民加州的人数，在 1841 年到 1848 年有两千七百多人。1849 年淘金热潮吸引了两万五千人拥向加州，1850 年移民人数更增加到四万之多。次年的移民人数骤减，资料显示只有一千人移居加州，到 1852 年却又暴增为五万人。

到底发生了什么情况，使得移民潮在 1851 年暂停了呢？史家告诉我们，1850 年爆发了霍乱疫疾，奔波在荒野中的移民大量患病死亡，因此，突然增加了百十倍的移民洪流，暂停了一年，等到瘟疫过后，又滚滚向西流动。

一般人的印象总以为赶着篷车西行的移民，遭遇的最大危险是印第安人的袭击，是那些野蛮的游猎原住民的劫掠。好莱坞的西部片，几乎每一部都有印第安人攻击白人篷车队的镜头，而且都是毫无来由地出现在山脊上，呼啸着禽兽一般慑人的嘶喊，挥舞长矛弓箭，杀向善良和平的殖民车队。其实，根本不是那么回事。

历史的真相显示，直到 1849 年，也就是移民潮改变北美大地生态之前，因印第安人袭击而死的人数，总共不到五十人。从 1849 年到 1860 年，十年之间，迁徙人数有几十万人之多，死于印第安人袭击的总数大约四百人，而白人杀死的原住民数目则要大得多。假如我们想想现在美国死于车祸的人数是每年平均五万五千人，那么，印第安人就算烧杀掳掠白人篷车队，也是十分稀有的事件。

移民所遭到的最大杀手，不是好莱坞塑造的印第安人，而是疫病。1850 年霍乱爆发，移民在进入落基山区之前，还没正式开始真正颠簸的旅程，就死了两千多人，是前后二十年间死于印第安人袭击的五倍。

不过，要说开发西部的光荣史，说这些开路先锋大都是病死的，而非死于印第安人的袭击，好像不够轰轰烈烈，不够伟大，更够不上戏剧化的标准。

沙溪大屠杀

在科罗拉多州的东部，靠近堪萨斯州一带，是一片高地草原。放眼望去，平芜向东无限伸延，直到天尽头。假如你开车东行，就开始了无边无际的草原与农田，就这么无边无际在公路上行驶，开啊开啊，笔直向东，要开个三天三夜，近三千公里的路程，才看到丘陵山区，进入东部的阿巴拉契亚山脉。

这一片科罗拉多草原，背负着落基山，是印第安原住民在19世纪后期最后的一片广袤。美国政府规定夏延（Cheyennes）及阿拉帕霍（Arapohos）族人可以在这片草原上生养、游牧、狩猎，把这块地作为印第安保留区。然而，开荒农垦的白人移民不能和土著和平相处，游猎的土著也偶尔要掠夺农耕者的牛羊与财产。小冲突逐渐发展成大规模的军事行动，最后演变成沙溪（Sand Creek）屠杀。

其实，原住民的酋长和科罗拉多政府有所商议，是诚心要和平共处的。但是，白人眼里的原住民是“红番”，“非我族类”，不但会打劫，还有剥头皮的残忍行为，因此，非消灭不可。在席文顿（John Chivington）上校的指挥之下，1864年11月29日，科罗拉多第三兵团包围了沙溪保留区，一声令下，响起了进攻号，开始了大屠杀。这一场屠杀，从早杀到晚，不管老弱妇孺，只要是印第安人就杀，最后是杀光为止，不留活口。

席文顿上校是美以美会的牧师，当他指挥军队屠杀红人之时，是怎么想的呢？原住民是野蛮人，对白人的生存造成威胁，是“红祸”（Red Menace），所以要用霹雳手段，斩草除根，以显示上帝的荣光？ 当妇女与孩童在自家的土地上，哀号逃窜，席文顿上校是否杀红了眼，忘记自己是手持《圣经》讲道的牧师，也曾有过基督徒悲天悯人的心境呢？

当我开车经过科罗拉多东部的草原之时，翻开地图，就看到 96 号公路之北的沙溪大屠杀遗址，用红字标出。 据说，那里还有一块小小的纪念碑。

历史总是充满了反讽。 在 96 号公路上，最靠近遗址的小镇叫席文顿，就是纪念当年的刽子手上校的。

北美寻金记

美国西部的开发，有相当成分要归功于人性的贪婪。 19世纪中叶，科罗拉多与加利福尼亚的急遽开拓，是与“淘金热”（gold rush）相关的。 人们听到山里有金矿，山溪可以淘洗出金砂，都蜂拥而至，在深山野岭搭起简陋的工棚，梦想一镢头挖出斤把重的金块。

其实，早在16世纪，占领墨西哥的西班牙人就一直在做黄金梦。 他们不远迢迢千里，深入美洲腹地探险，主要的目的不是去观测自然，不是“自然的召唤”，而是“黄金的召唤”。 16世纪初，西班牙征服者消灭阿兹特克帝国的动因，就是为了夺取金银财宝，因为他们看到了当地土著满身金饰，更听说在深山里有更多的黄金。

西班牙人在北美洲的早期探险，最著名的是科罗拉多（Francisco Vasquez de Coronado）深入今日美国西南，经圣塔菲，越过俄克拉何马州、科罗拉多州边境，一直进入堪萨斯的腹地。 他在1540年带了一支庞大的探险队伍，包括了三百多骑兵、配备了五六百匹马，还有一百多名土著照顾随队辎重牛羊。 这支探险队伍前后花了两年时间，从墨西哥一直走到今天堪萨斯州的中央，却无功而返，什么黄金也没找到。

西班牙人为什么要如此劳师动众，到荒山野岭去找黄金呢？ 那是因为有宝藏的传说，说北方有七座黄金铺地的宝城，金珠宝贝俯拾皆是。 这是阿兹特克人的传说，为什么西班牙人会相信呢？ 假如七座金城就在北方，阿兹特克人早就知道，怎么会等着西班牙人来寻宝呢？

这就是人性贪婪的威力了。西班牙人一听到七座金城，就想到自从 8 世纪以来西班牙流传的故事，说摩尔人占领西班牙地区的时候，有七位主教逃离了西班牙，向西远航，最后到了海外新地，建起黄金铺地的教区，满城装饰着珠宝钻石。

想到满地的黄金，就宁可信其有，不愿信其无，于是就劳师动众，北上寻金了。

结果，当然是黄金梦碎。不过，历史上倒记了一笔远征的事迹。

画家论画

画家用形象、线条与色彩来展现艺术创造，来表达艺术感受，来呈现独创的艺术世界。绘画的媒介以线条与色彩为主，不以文字语言的叙述为主，因此，画家不太喜欢以文字解析自己的作品。那意思似乎是说，我已经创造出艺术成品了，你爱怎么解释就怎么解释吧。批评家更由此发展出两种诠释的理论：一是作品完成，就离开了艺术家的控制，有了自己本身的生命，不能由艺术家本人垄断诠释。二是诠释的可能性愈多，愈能提供多种多样的艺术感染，作品的影响与生命力就愈久远。

于是，同一幅名画，就有层出不穷的解说，公说公有理，婆说婆有理。画家本人的理只算一个理，有人甚至说，可以完全不必理会。

我想，画家本人若还在世，对这种情况不会太满意。自己费尽心血，创造出一幅杰作，别人指指点点不说，还要坚持画家本人不懂，只会画而不懂画的内涵，只会用笔用墨、依形傅彩，却不懂得画作的真正意义。你说，画家气不气?

有时，我们就看到画家忍无可忍，跳出来讲话，甚至还使用自己不习惯的文字媒介，说出自己的一番道理。

1976 年，美国大画家欧基芙以八十九岁的高龄，自己写了一本书，探讨自己的创作生涯与经历，并对具体的画作进行了具体的分析。在这本书的扉页上，她说：

一个字的意义——对我来说——不像色彩的意义那么

精确。色彩与形状可以造就更为明确的展示。我要写这本书，是因为有很多古怪的文字在论述我。时常有人要告诉我画什么，我也时常因为那些讨论我画作的文字感到惊异。我做这番"文字的"努力，是因为别人不可能知道我的画是怎么成形的。我生在何处、住在何处，都不重要。有意义的是，我对生活周遭做了什么。

欧基芙当然无法封住艺评家的口，但是，老太太至少也表明了自己的态度。

花卉与荒山

欧基芙的画作，有两批作品最受世人瞩目，一是她的花卉，二是新墨西哥的山川景物。一般人比较喜欢她的大花朵，或是海芋，或是牵牛花，或是沙漠百合，或是罂粟，花瓣充满了画面，花蕊与柱头明显可辨，令人惊艳。有的画评家特别标出欧基芙的女性意识，并大谈花朵的性象征，如何如何像女性的生殖器官，充满了生命活力等。欧基芙本人显然比较喜欢新墨西哥的山冈与景物，对于世人迷恋她的大花朵，表示无可奈何。

对于这两类题材，她曾做过一些解析，并企图解释为什么人们喜欢她的大花朵，而她本人则钟爱新墨西哥的赤赭山丘。

她说，花朵一般而言都是纤小的。虽然人们喜爱花，但不会专心去观赏一朵花，因为要好好观察欣赏一朵花，要体会一朵花的美，要花时间，而一般人都懒于去细心观赏，懒得花时间。因此，欧基芙要把花朵画得大大的，矗在人们眼前，让人好好看看一朵花的美。

让人喜爱大花朵不难，因为人人对花都有相当程度的感受与联想。“一朵花可以触动每一个人的心。”她说。新墨西哥的山丘，那一片赤赭色的山冈，就不同了。“一座红色的山丘不能触动每个人的心，不能像触动我的心那样。我想也没有理由会触动别人。”她在 1939 年的画展目录里这么说。

欧基芙的自我解析，是艺术家对自己艺术敏感的观察，是对自然引发的感动的说明。她认为新墨西哥的山川色彩丰富，荒无人烟的山冈呈现一切能想象到的色彩，激发画家对色彩的灵感。可是，没去过新墨西哥的人没见过，无法想象，无法做出艺术的联想。她认为，这一片荒山野岭是美国最美的乡野，“你一定是没见过，才会要我一直画花朵……”

画家对美的审视与体会，比一般人敏感，有先知先觉的作用。他们有所感动，就锲而不舍地画，通过线条与色彩，在我们眼前展现美感凝聚出来的印象。欧基芙的新墨西哥山川景物，就告诉我们，这些荒山野岭很美，你来看看就知道了。

心灵的故乡

欧基芙曾经说过："你一旦去过新墨西哥，就使你一辈子心里发痒。"欧基芙的一生及其绘画成就的展现，就是这句话最明显的见证。她从1929年直到1986年以九十九岁高龄去世，五十七年间，心里发痒的地方都是新墨西哥。从1929年到1946年，她在纽约与新墨西哥两地来回穿梭，因为她的先生对新墨西哥丝毫不感兴趣。他死后，欧基芙再也没有牵挂，干脆搬到她心灵的故乡，终老于此。

欧基芙于1887年生于威斯康星，在典型的中西部农庄环境中长大。她全名是Georgia Totto O'Keeffe，取名是纪念外祖父George Totto，一位爱好自由、因参加反抗奥匈帝国运动而流亡的匈牙利伯爵。她祖父一系则来自爱尔兰，原来是经营羊毛生意的，后来迁到美国，在威斯康星落了户。她家后来搬到弗吉尼亚州，她上过的学校有弗吉尼亚大学、芝加哥美术学院、哥伦比亚大学，都是传统的白人精英学校，与充满了拉丁美洲土风与印第安原住民色彩的新墨西哥，真可谓风马牛不相及。怎么会选择了这样一个心灵的故乡呢？

艺术家的一生是追寻美的一生，而每个艺术家对美的诠释都不同。欧基芙早期的艺术生涯，受到印象派、抽象派的影响，还受到20世纪初各种各样主义的影响，在画作中追寻构图形式阳刚与阴柔的协调，追寻色彩的对比，追寻线条与设色的配合，追寻自己心目中的艺术世界，创造艺术的美。她喜欢强烈的对比，浓丽的色彩，以及坚韧的劲道。她的美带有粗犷的原始性，但又充满了修养，刚柔并济。

1929年春，她四十一岁，应朋友之邀来到新墨西哥的圣塔菲一带，看到了亮丽的阳光，红黑对比强烈的山丘与台地，无垠的戈壁，沙漠中强韧的植物及花卉，散布在沙碛中的骸骨，她突然发现，这就是她追寻了一生的美，是她艺术追寻的理想之地，是她心灵的故乡，再也走不了了。

写实与象征

欧基芙有一幅名画《登月之梯》(*Ladder to the Moon*, 1958),是画家晚年的力作。这幅画给人的感觉是宁静之中有着平稳的律动,像王维的诗,“独坐幽篁里,弹琴复长啸。深林人不知,明月来相照”。是艺术家心灵观照自然,得以净化,凝聚成纯净的升华境界。

这幅画十分之九是澄澈的夜色,画的顶端中央是小小的皎洁半月,清光衬出了夜空由深入浅的一片蓝,在画的底端是墨色的山峦,带着几抹近乎墨绿的苍翠。蓝天当中偏右,突兀挂在半空中,是一架粗糙的木梯,吸引着观者的注意。

乍看之下,这幅画当然是超现实的,可以列为达利之流,充满了象征想象,完全不受现实生活的限制,好像列子御风而行那么逍遥。许多艺评家也这么说。虽然洋人艺评家没听过列子,可是知道荣格(Carl Jung),听过道家的魂魄之说,便大谈此画的超升意义。我想,艺评家若肯潜心研究印第安原住民的自然观,岂不更能探讨美洲本土的“天人合一”,联系起印第安萨满思想与中国天人境界的追求,把欧基芙的画放在更高的形上层次来研究?

对画家本人而言,创作的过程却毫不玄虚,倒是活生生的日常所见所思:“在(我住的)牧场屋旁,有一架结实的手造木梯,可以登上屋顶。我最初住在那里的时候,每天爬上好几次,去眺望我周边的世界——屋后连绵数里的峭壁,一脉宽广低平的山峦有着狭窄的突出平顶,非常美丽。丛树覆盖,靠山顶有一块秃地,形状像跳跃的山鹿。有一天晚上,我在等一位朋友，靠着小梯，看着帕德纳尔山黝黑的轮廓。 天色是带浅绿的蔚蓝，月亮高挂在夜空，十分皎洁。 我心里一直想画这架木梯，现在就行了——有黝黯的帕德纳尔山，有高悬的皎月——一切就绪，就等着第二天动笔了。”

这幅画就是这样画出来的。 对画家来说，再真实不过了。 对喜欢考据的人来说，还有一帧一九五六年的木梯照片为证。

然而，把日常的真实画成玄妙的象征，让观者心灵有所超升，就是艺术的本领了。

欧基芙的东方情怀

欧基芙的画，都是西方绘画传统的产物，主要是油画，是油彩画在帆布之上的作品。现在却有艺术史家说，欧基芙的画有东方情怀，让人联想到巨然的《溪山兰若》图。联想到巨然的《溪山兰若》，而不是联想到范宽的《溪山行旅》或传为小李将军的《明皇幸蜀》，并不是欧基芙展现山川的笔墨风格更近于巨然，而是因为《溪山兰若》这幅高七十五英寸(190.5厘米)的直轴，藏在克里夫兰美术馆，是美国艺术界熟悉的一幅中国古画。换句话说，这种东方情调的联想，是研究者的联想，可以和欧基芙无关的。

那么，欧基芙本人有没有东方情怀呢？大概有一点。可以从两个方面来说，一是师友影响，二是个人对东方艺术观及禅悟的兴趣。只是，影响到底有多大？是否只是浮光掠影，还是在本质上与她的美学观点相通，就是个值得商榷而难以得到结论的议题了。

欧基芙在哥伦比亚大学教育学院读过书，跟随的老师是Arthur Wesley Dow，曾任波立顿美术馆日本书画部的主任。她后来交往的朋友之中，有研究东方艺术的 Henry Clifford 及西方禅学名家 Thomas Merton 及 Alan Watts。她受到某些影响，当无问题。

有研究者指出，她的藏书有大量中国及日本艺术的画册，包括了中国美学理论著作。故居还置有一尊石雕佛像，是Clifford 送给她的，显示她对东方艺术的兴趣。我想，是吧。不过，我家里有一副朋友送的印度教黄铜面具，放在很醒目的地方，难道显示我受印度教的影响吗？ 也许，只是我不知道而已。

因此，艺评家又可以说了，欧基芙受到东方艺术的影响，有沉潜内蕴的东方情怀。 你没看到那一批花卉画作的禅意吗？ 什么？ 佛经上说过世尊拈花、迦叶微笑？ 真的？ 啊呀，真谢谢你的提示，我又可以写一篇学术论文了。 你看这一片新墨西哥的山峦怎么样？ 什么？《金刚经》说山河大地如电亦如幻、如泡亦如影？ 真的？ 啊呀呀，我要写一本书了。

牛津的四合院

牛津大学的校舍，主要由学院（college）组成，犹有中古遗风，学生的食宿生活与读书论学，基本上融为一体。虽然学校有正式的授课讲堂，但学生的日常生活、谈吐风度，耳濡目染，则来自学院为多。这就让我想到中国古代的书院，如白鹿洞书院、岳麓书院之类，也是融合知识传递与生活教养为一体的，学生不只在课堂中学习专业知识，也在饭桌上、寝室里、庭院中与同学切磋琢磨，无时无刻不在增进学养。或许，college 一词真该译为“书院”，虽然现代的中国人早已忘却传统中国教育的书院是什么了。

牛津的学院，因为是学生住宿的所在，属生活私隐区，因此，采封闭式的设计，以四合院的形式组成，当中是一片草坪，可供学生徜徉。每个学院都有好几进相连的四合院（quadrangle），颇像中国四合院设计，有外院、内院、偏院之类。当然，这是我这个中国人的联想，英国人当年设计学院的雏形构想，是来自欧陆的教会修道院传统，并没到中国进行过什么教育考察，模仿中国的书院或四合院建筑。

牛津大学有好几间学院，都自称最早，有的说自己奠基最早，有的说自己最早聚集生徒，有的则说最早建成校舍，相持不让，也算是同校中的良性竞争。不过，说到四合院，大家都承认，默顿（Merton）学院的老四合院最早，是后来牛津、剑桥修建校舍的样板。

默顿人对自己的老四合院当然是自豪不已，吹嘘有加。不过，这个老四合院已经不住学生了，只偶尔供人参观瞻仰，开学时带着新生随喜一番，加深学生爱校爱院的认同感与归属感。我这次去拜访院长，蒙她青睐，特别安排去参观了一趟，在四合院的老教堂里还看到了一面碑，刻有历代院长的姓氏，管事人特别指给我看，最后一个名字就是现任院长，也是有史以来第一位女院长。他说得颇带感慨，不知是怀古，还是赞今，只清楚点明：时代变了。他还说，这个老四合院叫 Mob Quad（暴民院），没人确定为什么称为 mob，可能当年学生捣蛋调皮，像“暴民”一样，现在却都彬彬有礼了。

定名与格义

严复说："译事三难：信、达、雅。"大家都耳熟能详，是通论翻译之难。具体说到翻译名词及概念的困难，他是这么说的："新理踵出，名目纷繁，索之中文，渺不可得。即有牵合，终嫌参差。译者遇此，独有自具衡量，即义定名。"他还说，定名是非常困难的事，有时难免就会生吞活剥，同时也不无自矜地说："他如物竞、天择、储能、效实诸名，皆由我始。一名之立，旬月踟蹰，我罪我知，是存明哲。"

这个"一名之立，旬月踟蹰"，让人想到李白调侃杜甫的诗句："借问别来太瘦生，总为从前作诗苦。"真不是容易的事。定名之难，是因为中文里没有某种观念或概念，所以用既有的名词来译，就难免要牵合，"终嫌参差"。这种译名所遭遇的困难，在佛学传入中国之时，已经有过经验，严复崇敬的鸠摩罗什就认识到这种困境，而尽量避免这些牵合参差的工作。早期译介佛学思想，有所谓"格义"之法，在魏晋时期相当风行，也就是用老庄周易的用语，来论述阐释佛典，当然难免穿凿附会，甚至有误导认知之弊。

我说牛津大学的学院（college）颇似中国古代的书院，quandrangle（有人译作方院）似四合院，当然难免"牵合参差"之讥。不过，香港的习惯，径译 college 为书院，颇有古风，可算是"格义"一脉传统。

我和同事去拜访默顿学院 warden 之前，他问我 warden 一词如何译名。我说，照目前的情况，可译为院长，我们去见的 warden 就是学院的院长。他的困惑来自美国英语，因为在美国一般称典狱长为 warden，是管囚犯的。我笑说牛津大学还不至于视学生为囚犯，要找个典狱长来管。不过，warden 一词，源自古法语 gardein 或 guarden 的方音 wardein，与英语 guardian 同一来源，因此，有监管之意，译成舍监也不能说错。假如嫌舍监一词没有威严，又不做任何中国历史的联想，译成“太监”倒挺好。

若用格义之法，college 可译成书院，那么，warden 译成“山长”也合适。

国王学院的教堂

有位在伦敦生活了一辈子的好友，听说我要访问剑桥大学，就说，剑桥没什么看头，只有个国王学院（King's College）可以一看。他顿了一顿，大概也觉得自己的说法充满了伦敦人的大都会傲慢，就加了一句：国王学院的教堂却是不能不看。

对于从小熟读徐志摩作品的我来说，朋友的一番评语，像当头浇下的一盆冷水，把我的兴致差不多浇灭了。我不禁在想，徐志摩笔下的康桥难道都是诗人白日做梦，无中生有，编出来的美景与诗境？不过，我没有告诉这位英国朋友，否则他说不定会说，"我挥一挥衣袖，不带走一片云彩"，是彻底的滥情与煽情，不值得理会。

其实，剑桥是很美的，有一种乡村牧歌式的宁谧，却是从封建领主庄园的视角，远眺周围一片乡野风光，充满了富足丰饶的优雅古风，点缀着林野平畴与舒缓的溪流。这是人工着意经营的世外桃源，是脱离红尘嚣乱、两耳不闻天下事的潜修之地，当然也是读书的好地方。难怪朋友不喜欢，因为这是修身养性的所在，不是繁华热闹的去处。

朋友说国王学院的教堂值得看，没错，真是值得看。教堂外观已经令人惊艳，可以为石柱尖顶的精雕细砌一唱三叹。走进教堂，看到高耸的扇形拱顶，石壁如叶脉一般，向着穹顶展开，井井有条，又繁复多姿，不由得你不惊叹，真是巧夺天工，非人力所能至，大概是神的启示吧？

华兹华斯（W. Wordsworth）曾写过一首诗，歌咏这座教堂，其中就说：“聪明智慧，光辉无尽的天工！/竭尽你的所有；天庭在上，不接受／一丝一毫的增减修饰”，“光影在此休憩，音乐在此居停／余音绕梁——袅袅不绝；/像甜美的思绪展示了验证／生来就已永垂不朽”。

英国大画家透纳（J. M. W. Turner）也画过一幅水彩，惟妙惟肖展现了两位身穿黑袍的学者，在教堂门口的剑河水滨，临流垂钓，真是一派优雅闲情。

不知道现在还准不准临流垂钓？

《牛津大辞典》

我们一般说的《牛津大辞典》，真正的名称是《牛津英文辞典》(*Oxford English Dictionary*)，简称 OED。

这本辞典的编纂，开始于 19 世纪后半叶，原名是《新编史则英文辞典》(*A New English Dictionary on Historical Principles*)，由伦敦的“语言学会”(Philological Society)资助。后来得到牛津大学出版社的支持，承担编纂及出版费用，才改名为《牛津英文辞典》，历时半个多世纪，到 1928 年才出齐。

一般通称《牛津大辞典》，是因为卷帙浩大，包罗齐全，初版就有十二巨册，搜罗四十一万四千八百二十五字，一百八十二万七千三百零六例句，标明例句出处及历史年代。这当然与我们平常用的辞典不同，也有别于牛津大学出版社出版的林林总总、适合不同程度的英文辞典。

《牛津大辞典》的编纂时期，正当大英帝国号称“日不落国”的时代，是维多利亚女王君临天下的辉煌岁月。辞典编纂处的学者孜孜矻矻，也清楚表明这是表彰女王丰功伟绩的不朽事业，是要垂之千古的。对比一下中国文化史上编纂大型丛书类书的经验，可以看到，历朝历代有了丰伟的武功之后，河清海晏，四海升平，就要奖励文治，出大部头的图书。最明显的例子，当然就是永乐朝的《永乐大典》、康熙朝的《康熙字典》与《古今图书集成》、乾隆朝的《四库全书》了。

1970 年，牛津出版社使用新的印刷科技，缩印了《牛津大辞典》，把所有材料压缩进两大册中，便于私人收藏使用。我因此也买了一套，放在书房里，大有囊括英文用典之乐。有一天卞之琳先生来我家，一眼看到了，就对着这套辞典赞不绝口，满脸艳羡之色。他回国后，我久久不能忘记他流露出的童稚欢愉的眼神，就把我的一套寄了给他。他接到后，高兴得不得了，写信告诉我查阅之便，好像得了什么宝贝一样。

我后来又买了一套，然而，却并不常用，因为自己的兴趣与英国文学远了。倒是时常想置备一套《古今图书集成》，可是想想那卷帙要占多少空间，就算了。将来，可以买光碟。

《山海经》的英译

《山海经》是一部奇书，全书三万一千多字，篇幅并不大，但内容博大驳杂，怪诞不经，从古就使学者不知所措。司马迁就说："至《禹本纪》《山海经》所有怪物，余不敢言之也。"后人或以之归法家，以之属地理类，以之为小说，或说是"巫书"（鲁迅），总之既难归类，又难读通。当代校注研究此书的袁珂则说："《山海经》匪特史地之权舆，乃亦神话之渊府。"是拿来当古代神话资料总汇研究。

中国人都难以读通的书，洋人要译成洋文，当然不容易。然而，近年来居然出现了好几个译本，有英译，也有法译，其中最有趣的是 Anne Birrell 的英译，由企鹅丛书出版。别的译本对书中千奇百怪的专名，如"海外南经"的结匈国、南山、比翼鸟、羽民国、二八神、毕方鸟、讙头国、厌火国、三珠树、三苗国等，一般是直译其音，Birrell 却一律译义，转成有趣的英文专称：Boundchest Country，Mount South，Likewingbird，Country of Feathered Folk，Godhumans Twice-eight，Endsquare，Bawlhead Country，Satefire Country，Threepearl Tree，Threesprout Country……。

让我们看看《大荒西经》形容西王母一段："有人，戴胜，虎齿，有豹尾，穴处，名曰西王母。"英译：There is someone wearing a victory headdress. She has tiger fangs and a panther's tail. She lives in a cave. Her name is Queen Mother of the West。译文流畅，清楚明白。西王母住的大山是"昆仑之丘"，译作 Mound of Offspringline，虽然有点别扭，但可

接受。“其下有弱水之渊环之，其外有炎火之山，投物辄然（燃）。”译文：Below it there is Weakwater Gulf which encircles the Mound. Beyond it，there is Mount Flamingfire. If you throw something at it，it immediately burns up。译得都没错，读来却像青少年读物，把原来的古朴韵味全都译光了，剩下的是清楚明白的解释。或许翻译就是转成另一种文字的解释，意思没错就很好了，至于原文的气脉与韵味，不当求诸译述，应该去读原文。

译音与译义

翻译外国语文，最容易令人困扰的是如何翻译专有名词，如人名、地名之类。牵涉到汉字，问题更是麻烦，因为汉字象形会意的成分很大，名字容易引起联想，再加上同音字很多，若只是译音，转为拼音文字，则一切联想都化为乌有，只剩下几个简单的字母，好像中国的人名地名既呆板又原始，是牙牙学语的原始民族的笨拙表达方式。

譬如董建华吧，中国人一看到这名字，就会联想到董仲舒、董卓、董其昌这些古人，然后会想到是“建设中华”，政治正确。拼音则是 Dong Jianhua 或 Tung Chee-hwa，全无可供联想之趣。但若译成 Dong Build-China，又成了笑话。

这样的问题，绝非笑话，特别是涉及文学作品之时。西方翻译《红楼梦》，困扰不休的大问题就是如何拼写宝玉、黛玉、宝钗等人名，是 Bao-yu，Dai-yu，Bao-chai 呢？还是 Precious Jade，Dark Jade，Precious Hairpin？争个不休，迄无定论。白先勇自己翻译《永远的尹雪艳》，也面临这个困扰，游走在 Yin Hsueh-yen 与 Snow Beauty 之间，把标题译作 The Eternal Snow Beauty，内文则间杂使用译音与译义。要是他再考虑到“尹”字，译成 Boss 或 Mayor，那就更有趣了。Anne Birrell 译《山海经》，把所有的专有名词一概意译，因此，蚩尤是 Jest Much，共工是 Common Work，苗民是 Sprout Folk，读来令人失笑。奇怪的是女娲一半译音一半译义，成了 Girl Kua，而禹则音译作 Yu。蚩尤解作“嗤甚”，而不是“媸甚”（Very Ugly）或“痴甚”（Very Stupid），不知是何道理？ 至于“禹”字不肯意译，或许是拿不定主意，不知是译成“舒行”(Slow Walk)，还是按照顾颉刚在《古史辨》里说的“禹是条大虫”，译成 Big Worm 才好。

且别遽下结论，认为意译人名是荒唐之举。 你知道“阿缚卢枳低湿伐罗”是谁吗？ 不知道？ Avalokitesvara，意译“观世音”。

疯牛病

近来买到一本新书，《二十世纪的字》(*20th Century Words*)，是本英语新词溯源释义的字典，读起来非常有趣。

打开“八十年代”这一章，可以见到BSE一词首次出现于1987年，是bovine spongiform encephalopathy的简称，指一种牛患的神经系统的绝症。这种病首见于1985年或1986年，给了个长长的科学化的称呼，想来是卫生署的兽医先生起的名。词太长，拗口，出现在报章上就只剩下了缩写的简称BSE。当时还有份杂志《经济学人》(*Economist*)，大概是记者念不出这一溜长长的医学用词，就说了句俏皮话：“缠绕住兽医的舌头，搞砸了乳牛的脑袋。”(Twists the tongues of vets and wrecks the brains of cows.)

BSE这缩写虽然简单，却也不能持久，很快就被淘汰了。1989年出现了新词mad cow disease(疯牛病)，本来是半开玩笑的谑语，谁知不胫而走，居然取代了正式的医学名词。这就让我想到，新词不能太拗口，不能佶屈聱牙，否则一定会被更为形象化的词语取代。中国近代出现的新词，如烟士披里纯及德谟克拉西，后来变成了“灵感”与“民主”就是最典型的例子。你说这简明好懂的词不准确，还带来许多误解，不如佶屈聱牙的词语精准，可是老百姓不理睬，报章媒体不在乎，照用，你能怎么样？用来用去，你也身不由己，跟着用起不精准的词语了。也不知道英国的兽医，现在是说bovine spongiform encephalopathy，还是说mad cow disease？我猜是后者。

有趣的是，一旦“疯牛病”一词流行开来，居然传染到鸡身上，鸡瘟也不叫鸡瘟了，叫“疯鸡病”。这当然是谑近于虐，捣乱。

不过，BSE这简称到了1992年又回头了，因为有人感染了脑神经化作海绵状的病症，可能是疯牛病传染过来的。怎么称呼呢？不好叫human mad cow disease吧？于是出现了human BSE一词，听起来不那么吓人。

Human BSE听起来不吓人，可疯牛病会传染到人身上这事实却很吓人，因此，现在日常用语只剩下了“疯牛病”，牛会感染，人也会感染，很吓人的。

没有雾的伦敦

从小对伦敦的印象就是：雾伦敦，雾蒙蒙的，湿漉漉的，冷飕飕的。印象从哪里来的？不是那么确定。或许是柯南·道尔笔下的福尔摩斯探案，或许是狄更斯描绘的伦敦街景，更可能是早已忘记了情节的电影总是出现的伦敦雾夜。心目中的伦敦，有闪烁在雾气里的煤气灯，有迷茫在雾气里的伦敦桥，有模模糊糊依稀难辨的大笨钟。

上一次去伦敦是初夏，虽然天气仍凉，却晴朗得很，连云彩都没有，别说雾了。大笨钟的背景是蓝蓝的天，指针清清楚楚，连一丝阴翳的感觉都没有。伦敦的街景，包括树梢的绿叶，房顶的屋瓦，教堂的尖顶，都一览无遗，可以用中学作文的词句来形容："天清气朗，万里无云。"不过，真不像伦敦。

只好回来读读艾略特《荒原》里的句子："不真实的城市／笼罩在冬晨褐色的雾中／人群流过伦敦桥如此之多／我没想到死亡释放了如此之多／短促而断续，叹息不止／每个人都把眼光固定在自己脚前。"写的是20世纪初的伦敦，心灵荒凉冷漠的雾伦敦，看不清人类文明前景的雾伦敦。

这一次到伦敦去，时序是冬春交接之际，春寒料峭，据说有雨有雾，因此，行李中还带着一把折叠伞。谁知到了伦敦，虽然冷风刺骨，还下了几场雪，却是雪一停就出大太阳，没一丝雾气。偶尔有半天阴霾，也是视线无阻，可以在圣保禄大教堂的顶端眺望伦敦全景。心想，杜甫要是攀爬到大教堂的尖顶，也可以写出"荡胸生层云，决眦入归鸟"了。

问久住伦敦的朋友，伦敦没雾吗？ 他想了想，说真是久违了，记得小时候还是雾蒙蒙的，后来就不怎么见了。 大概是环保搞得好吧？ 要不然就是英国工业衰微了，污染的来源减少了，算是后工业社会的成就吧？ 不过，再读福尔摩斯，难免会觉得柯南·道尔笔下的雾伦敦不真实了。

我们正走出伦敦大学亚非学院的门口，老远，就看见街角墙上钉着一面牌子："艾略特旧日办公处"，清楚得很，非常真实。

人间四月天

有年轻朋友告诉我，近年有电视剧集《人间四月天》，演徐志摩的爱情故事，风靡海峡两岸。他问我，这标题是不是很温馨、很浪漫，让人感到呢喃的情话飘扬在新叶枝头？

我说，不会啊。他吃了一惊。不会？四月天不让你感到温馨？那么，四月让你联想到什么？

四月的联想："四月是最残酷的月份，孕育出/丁香自死亡的大地，杂混着/记忆与欲望，翻动了/春雨之中迟钝的根脉。"这是艾略特名诗《荒原》的开头，也是我们陶冶在现代主义岁月中对四月的联想。

朋友听得瞠目结舌，说你们当年就现代主义到那个地步？连四月都残酷了？看来是读英诗读坏了，如此崇洋媚外。艾略特还说了什么？

我问他读过《仕女图》(*The Portrait of a Lady*)吗？他摇头。那么，听着：

> 丁香既已盛放/她在室内摆了一盆碗丁香/谈话时指间拈着花枝/"啊，朋友，你不知道，你不知道/掌握在你手中的生活是什么"/(缓缓拈动丁香枝)/"你让生命轻逝，生命轻逝/青春是残酷的，毫无悔意/谈笑看不见的人间处境。"

朋友听了说，现在的小青年动辄说"酷"，看来你们当年早已"酷毙"了。英诗里的四月，都这么残酷的吗？

也不。英诗的老祖宗乔叟（Geoffrey Chaucer）在《坎特伯雷故事》的一开头，是这么写的："四月的甘霖刺穿了／三月的干旱，刺透了根脉／每一条经脉都浸润着潮湿／催动活力，绽放花朵。"艾略特只不过是反其意而用之，是现代主义的"用典"。

那么，人间四月天是残酷，还是温馨呢？ 要看个人的心境而定，当然还有时代的影响。 我们生长于现代主义的冷酷、存在主义的虚无，现在则是后现代的"没有什么不可以"，温馨一下，也好。